FORMATION AGENT SECRET

GALLAGHER ACADEMY

ALLY CARTER

FORMATION AGENT SECRET

GALLAGHER ACADEMY

TOME 3

Espionne-moi si tu peux

Traduit de l'anglais (États-Unis)
par Pia Boisbourdain

hachette

Photo de couverture : © 2009 by Ali Smith – Conception : Marie Drion

Traduit de l'anglais (États-Unis) par Pia Boisbourdain

L'édition originale de cet ouvrage a paru en langue anglaise
chez Hyperion Teens, an imprint of Hyperion Books for Children
(New York), sous le titre :
Don't Judge a Girl by her Cover

Hachette Livre, 43 quai de Grenelle, 75015 Paris.

CHAPITRE 1

— On y va, a indiqué l'homme dans le micro de sa manchette.

Il faisait lourd en ce mois d'août, et les odeurs des pots d'échappement se mêlaient à celles de la mer, dans les rues embouteillées sur des kilomètres. La ville tout entière s'était parée des couleurs patriotiques – rouge, blanc, bleu. Partout, des vigiles scrutaient les moindres mouvements de la foule.

J'étais partagée entre deux sentiments. D'un côté, j'étais absorbée par le spectacle des chiens qui reniflaient les bagages à la recherche d'une bombe éventuelle. De l'autre, je mourais d'envie de fausser compagnie aux types en costume sombre qui m'accompagnaient. Et, quand un autre colosse, muni d'une oreillette et d'un porte-bloc, m'a demandé mon nom, j'ai résisté à l'idée de lui mentir.

Parce que, pour une fille qui a passé une bonne partie de sa scolarité à s'inventer de fausses identités, ce n'est pas toujours évident d'avouer son véritable nom.

— Cammie. Cammie Morgan, ai-je lâché à contrecœur.

Après avoir parcouru sa liste, il a déclaré :

— Vous pouvez passer.

Et ça m'a fait vraiment bizarre. De toute évidence, il ne voyait en moi qu'une adolescente de seize ans ordinaire. Complètement inoffensive. Qui ne fréquentait pas un lycée réservé aux apprenties espionnes.

J'ai observé le hall de l'hôtel en me rappelant les consignes de notre prof d'opérations secrètes, l'année précédente : « Exercez-vous à faire preuve d'observation. » Il y avait des caméras et des lumières dans tous les coins. Un grand filet de ballons rouges, blancs et bleus serpentait au milieu de l'immense hall. Une femme déambulait avec un grand chapeau en feutre, tandis que, sur l'estrade, la délégation du Texas chantait.

La foule était composée de toutes sortes de gens : des vieilles femmes et des jeunes filles, des couples, des étudiants et des retraités. La dernière fois que je m'étais retrouvée au milieu d'autant de monde, c'était dans une autre ville et à une autre époque. Une impression étrange de déjà-vu m'a fait frissonner, et je n'ai pas pu m'empêcher de murmurer un prénom que je n'avais pas prononcé depuis des semaines : « Zach. »

Quand est-ce que j'arrêterais d'avoir peur de le sentir derrière moi, celui-là ?

— Par ici, m'a indiqué l'homme qui m'escortait.

On a longé la file d'attente devant l'accueil. Ensuite, on est passés entre deux rangées d'ascenseurs pour emprunter un couloir étroit qui tranchait avec la somptuosité du hall. Après avoir foulé une moquette usée puis du carrelage cassé par endroits, on est arrivés en face d'un ascenseur de service minuscule. Je devais être un des seuls visiteurs de l'hôtel à parvenir jusqu'ici.

— Alors, vous êtes une amie du Paon ? m'a demandé le vigile en attendant que les portes s'ouvrent.

— Pardon ?

Même si c'était la première fois que je me retrouvais dans un hôtel aussi luxueux, j'étais quasi certaine que la suite du dernier étage n'abritait pas d'oiseaux d'ornement.

— Le Paon, a-t-il répété dans la cabine. C'est un nom de code. On en utilise toujours pour désigner les personnes qu'on protège. Si j'ai bien compris, le Paon et vous êtes… camarades ?

Une chose était sûre, maintenant. Ce type ne me considérait vraiment pas comme une menace potentielle. J'étais juste une élève de la Gallagher Academy. Et, étant donné la façon dont il me regardait, il faisait partie de ceux qui croient que notre établissement est une école privée ordinaire. Il n'y avait qu'à voir son œil perplexe devant mes vêtements un peu défraîchis. Pour lui, les pensionnaires de la Gallagher Academy étaient toutes pourries gâtées, c'était sûr.

Tout à coup, un hurlement a retenti.

— Je sens que je vais tuer quelqu'un ! a crié une voix au fond du couloir, derrière une porte double, quand l'ascenseur nous a libérés.

Une preuve de plus que l'homme qui m'accompagnait n'avait pas la moindre idée de la personne à qui il avait vraiment affaire : il n'a pas dégainé son arme… Il n'a même pas tressailli quand son collègue est sorti de la suite en murmurant :

— Le Paon n'est pas content.

Au lieu de ça, il s'est avancé vers l'individu qui vociférait sans avoir une seule seconde conscience du danger. Et pourtant, il aurait dû se méfier. Parce que cette personne n'était autre que Macey McHenry…

C'était la première fois que j'allais à Boston. La première fois, aussi, que j'étais escortée par un garde du corps. Mais surtout, jamais auparavant je n'avais vu Macey piquer une crise pareille.

— Macey, je trouve que cet article est plutôt flatteur, disait Cynthia McHenry, sa mère, d'une voix posée qui contrastait avec celle de mon amie. C'est le fils unique du futur président... Tu es la fille unique du futur vice-président... Si les gens veulent absolument qu'il y ait un mariage à la Maison Blanche d'ici à huit ans, laissons-les dire. Je ne comprends pas pourquoi tu te mets dans un tel état.

— Si ce mec...

— Ce « mec », comme tu dis, est le fils du gouverneur Winters... Alors, surveille ton langage.

— ... essaie de m'approcher...

— Si ce garçon peut permettre à ton père de récolter des voix supplémentaires, l'a interrompue sa mère, il faudra bien qu'on vous voie ensemble.

Macey a soupiré d'un air exaspéré que je ne lui connaissais pas. D'ailleurs, la fille que j'avais devant moi n'avait aucun point commun avec celle qui fréquentait la Gallagher Academy. Ni avec l'adolescente souriante posant à côté de son père dans le reportage qui passait au même moment à la télévision. En revanche, elle collait parfaitement à l'image que le garde du corps s'en faisait sans doute : celle d'une adolescente snobinarde et capricieuse.

— *Le sénateur McHenry, accompagné de sa famille, est arrivé ce matin à Boston pour rencontrer le gouverneur Winters, qui devrait le nommer officiellement vice-président,* expliquait le présentateur.

Mais Macey et sa mère étaient bien trop occupées à se lancer des regards assassins pour écouter ce qu'il racontait.

— Tu n'as pas le choix, Macey...

L'homme qui m'accompagnait s'est raclé la gorge, et Mme McHenry s'est enfin retournée.

— Ton amie est là, a-t-elle annoncé d'un ton un peu méprisant, qui n'a visiblement pas plu à Macey.

Heureusement, personne d'autre que moi n'a semblé remarquer ses poings serrés quand elle a lancé :

— On va se balader !

— N'oublie pas la répétition ! a crié Mme McHenry.

J'ai jeté un dernier coup d'œil au garde du corps pendant que mon amie m'entraînait dehors. Il paraissait se demander ce que je pouvais avoir en commun avec Macey.

À la télévision, une voix commentait :

— *Cynthia McHenry est une célèbre femme d'affaires. Le couple a une fille, Macey, pensionnaire à la Gallagher Academy pour Jeunes Filles Exceptionnelles, à Roseville, en Virginie.*

Ouah ! On parlait de notre école aux infos, maintenant !

Macey a claqué la porte. Puis elle m'a adressé un sourire machiavélique, et j'ai enfin reconnu mon amie.

— Alors, qu'est-ce que tu penses de ma couverture ?

CHAPITRE 2

Je crois que je n'ai jamais vu personne entrer dans la peau d'un personnage avec aussi peu de moyens que Macey McHenry. Cette fille n'a pas besoin de nom d'emprunt, de faux passeport ni d'avoir les poches bourrées d'indices sur une prétendue identité pour être crédible.

— Le Paon quitte la suite, a murmuré l'un des agents dans le micro de sa manchette, tandis que je suivais Macey à travers le QG temporaire des Winters et des McHenry.

Des gens aux costumes épinglés de macarons de campagne vociféraient devant des ordinateurs, l'air exténué. Leur apparence contrastait avec les cheveux brillants et les yeux bleus parfaitement reposés de Macey.

— Dis donc, Caméléon, tu sais que j'ai eu un mal fou à te mettre la main dessus ?

Elle semblait n'avoir aucune conscience de son statut de princesse ni des efforts que faisaient tous ces hommes et femmes, autour d'elle, pour que son père accède à son trône.

— J'ai d'abord demandé ton numéro à l'Academy, mais bon... T'as déjà essayé de soutirer quoi que ce soit au professeur Buckingham ?

Ma voisine de chambre continuait à bavarder d'un air nonchalant, sans se soucier des caméras qui diffusaient en direct son visage dans tous les foyers américains.

— Du coup, je suis allée voir le Secret Service*...

— Attends, l'ai-je interrompue. Le Secret Service t'a donné le numéro de mes grands-parents dans le Nebraska ?

— En fait, non... J'ai finalement eu recours à une source beaucoup plus secrète.

— La CIA ? ai-je demandé à voix basse.

— Liz, m'a-t-elle soufflé.

J'ai souri en entendant le prénom de mon amie – la plus surdouée de nos camarades de chambre.

— Alors, t'as passé de bonnes vacances ? a-t-elle poursuivi pendant qu'on s'engouffrait dans un couloir.

— Pas mal.

J'étais déjà légèrement essoufflée, au terme de deux mois tranquilles passés dans le ranch de mes grands-parents, sans entraînement.

— C'est juste que...

Contrairement à la plupart de mes camarades de classe, qui partaient aux quatre coins du monde avec leurs parents, j'avais pris l'avion dès la fin des cours, seule, pour le Nebraska. En plus, ma mère m'avait à peine envoyé une carte postale de l'été. Quant aux deux garçons qui étaient apparus dans ma vie

---

* Agence gouvernementale chargée, notamment, d'assurer la sécurité du président des États-Unis, du vice-président et de leurs familles. (Toutes les notes sont de la traductrice.)

au cours de l'année scolaire, c'était le calme plat. Je n'avais aucune nouvelle du premier depuis des mois, et j'étais quasi sûre de ne plus jamais voir le second, même si je m'attendais toujours à le trouver sur ma route.

— Enfin… si, j'ai passé de bonnes vacances.

Macey me connaissait assez pour ne pas être dupe. Elle a souri en disant :

— Moi aussi.

On a franchi une double porte gardée par des agents du Secret Service pour s'engager dans un tunnel reliant l'hôtel au centre de congrès.

— Le Paon est en vue, a murmuré l'un des hommes dans sa manchette.

— Et moi, je peux t'appeler le Paon ? me suis-je moquée.

— Pas si tu tiens à rester en vie…

Deux vieilles dames sont passées devant nous, les bras encombrés d'énormes tournesols, et Macey leur a adressé un grand sourire en s'exclamant :

— La délégation du Kansas ne fait pas les choses à moitié !

— Alors, ai-je repris, c'est quoi, ton programme ?

Elle a sorti un papier de sa poche et a lu :

— *6 heures : participation à une émission de télévision. 9 heures : enfiler un tailleur bleu marine.*

Puis elle s'est penchée vers moi pour chuchoter :

— Le rouge me donne mauvais genre.

Elle a accéléré le pas, et on a atteint des portes en métal, au bout du tunnel.

— *11 heures*, a-t-elle continué : *retrouvailles avec maman et papa.* (Elle s'est arrêtée, la main un instant figée sur la poignée de la porte.) La routine, quoi, a-t-elle conclu en pénétrant dans la plus grande salle que j'aie jamais vue.

Des milliers de chaises se déployaient, au-dessus desquelles pendaient des pancartes portant le nom de tous les États d'Amérique.

C'était la première fois qu'on se retrouvait seules, Macey et moi, et elle en a profité pour murmurer :

— Merci d'être venue, Cammie.

Le visage de son père s'étalait à la une de tous les magazines des États-Unis, et tous les yeux seraient rivés sur elle quand elle danserait à son bras lors du plus grand bal du pays. N'importe quelle fille aurait rêvé d'être à sa place. Pourtant, Macey contemplait l'immense salle avec un air de grande détresse, et j'ai compris pourquoi j'étais là : une élève Gallagher a toujours besoin de compter sur une des siennes.

— Bon, qu'on en finisse avec cette histoire, ai-je commenté. Après, on pourra rentrer au manoir, OK ?

— OK, a-t-elle répliqué avec un petit sourire, qui s'est envolé lorsque des pas ont retenti derrière nous.

— Bonjour, jeunes filles ! a lancé quelqu'un.

Quand un adolescent vous appelle « jeunes filles », vous pouvez vous attendre à voir un beau mec aux cheveux gominés.

Ce n'est pas le cas de Preston Winters.

Il est aussi grand que Macey, mais je suis presque sûre que même Liz pourrait l'envoyer au tapis d'un seul coup de poing. Et, ce jour-là, on aurait dit un gamin qui se serait amusé à se mettre sur son trente et un : non seulement son costume flottait autour de sa silhouette maigre, mais en plus il arborait une montre… Spider-Man.

Macey a chuchoté :

— Quand ta mère nous a fortement déconseillé d'utiliser ce qu'on a appris en cours d'autodéfense pendant les vacances, tu crois que ça s'appliquait aussi aux fils de candidat à la présidentielle ?

— Ça s'applique surtout à eux...

Elle a pris une grande inspiration avant de sourire – en lâchant quand même un horrible juron en portugais.

Preston la regardait de la tête aux pieds.

— Vous êtes... très... patriotique, aujourd'hui, mademoiselle McHenry, a-t-il déclaré.

J'ai retenu un rire en jetant un coup d'œil à l'ensemble rouge, blanc et bleu de Macey – en particulier à son twin-set. Eh non, ce n'est pas une blague, elle portait vraiment un twin-set !

— Je ne crois pas qu'on se soit déjà rencontrés, a dit le garçon, la main tendue vers moi. Je suis Preston, et vous devez être...

— Très occupée... a soufflé Macey avant d'essayer de m'entraîner.

— Cammie, ai-je lancé en luttant contre mon amie pour serrer la main de Preston. La voisine de chambre de Macey.

Il a incliné légèrement le buste.

— Ravi de vous rencontrer, Cammie.

— Famille McHenry, à gauche ! a soudain ordonné une voix aiguë.

Une femme mince armée d'un porte-bloc s'est avancée sur l'estrade, suivie des parents de Macey. Des lunettes à monture d'écaille pendaient à son cou, au bout d'une chaîne, et pas moins de deux crayons étaient plantés dans son énorme chignon.

— Les Winters, à droite !

Pendant que le gouverneur du Vermont prenait place avec sa femme, je n'ai pas pu m'empêcher de remarquer son expression. L'un des hommes les plus puissants du pays semblait terrifié par la dame au porte-bloc !

— Famille McHenry, a crié celle-ci. Il manque…

— Je suis là ! l'a interrompue Macey, qui s'est aussitôt dirigée vers l'estrade.

Sa mère a levé les yeux au ciel, son père a consulté sa montre et la femme au porte-bloc a commenté :

— Parfait ! Les jeunes sont essentiels dans une campagne présidentielle. Ils contribuent à donner une excellente image des candidats. Regardez-moi ces teints de pêche !

— C'est un peu grâce à vous, madame McHenry, est intervenu Preston.

Tout le monde s'est retourné vers lui.

— Ce nouveau réducteur de pores est… fabuleux, a-t-il repris.

L'organisatrice lui a lancé un regard furieux, et il a conclu en se rangeant entre ses parents :

— Euh… Je vais me mettre là.

Tandis que je me réfugiais dans l'ombre pour assister à la répétition, les candidats se sont succédé derrière une tribune drapée de tissus rouges, blancs et bleus. Quant à Macey, elle avait l'air très à l'aise sous les projecteurs.

Nombre de fois où la femme au porte-bloc a demandé au gouverneur Winters et au père de Macey de se serrer la main avant de se tourner vers une foule imaginaire : 14.

Nombre de regards furieux que Macey a lancés à sa mère : 26.

Nombre de tentatives vaines de Preston pour attirer l'attention de Macey : 27.

Nombre de fois où Macey a dû pratiquer un renversé « spontané » en dansant avec son père : 5.

Nombre de minutes passées assise toute seule dans cette immense salle en me demandant si la liberté et la démocratie valaient tous ces efforts : 55.

À midi, la femme faisait un dernier point.

— La musique retentira à 20 h 04 exactement, a-t-elle expliqué d'un air théâtral. À ce moment-là, vous devrez vous mettre à danser de façon spontanée.

Preston a adressé un sourire à Macey, qui a frissonné.

— Les ballons tomberont à 20 h 06. Danser et faire bonne figure, voilà le programme.

— Ça y est ? ai-je demandé à Macey quand elle m'a rejointe une minute plus tard.

Elle ne m'avait jamais paru aussi soulagée. Même pas la fois où le docteur Fibs lui avait annoncé qu'il n'avait plus besoin d'elle pour expérimenter sa nouvelle arme secrète – des coussinets pour les oignons au pied.

— Oui, a-t-elle répliqué. Bon, on y va ?

On s'est aussitôt dirigées vers la sortie, Preston sur nos talons.

— Puis-je vous proposer une collation ? a-t-il lancé. J'ai entendu dire que la délégation d'Hawaï était en train de faire rôtir un cochon entier.

C'était le truc le plus débile que j'aie jamais entendu, et j'aurais dû avoir un peu pitié de lui. Mais ce type n'avait pas l'air d'avoir honte de toutes les stupidités qu'il débitait. En fait, c'était la première fois que je rencontrais quelqu'un qui acceptait d'être lui-même. Et ça ne me déplaisait pas tant que ça.

— Désolée, Preston, a répondu Macey en m'entraînant vers la sortie avant d'agiter son emploi du temps. Je dois passer des coups de fil.

Le problème avec les filles ou fils d'homme politique, c'est qu'ils ne s'avouent jamais vaincus. C'est en tout cas ce que j'ai appris en côtoyant Macey.

On marchait quelques mètres devant lui, mais il a eu vite fait de nous rattraper. Pour un maigrichon dans son genre, il était plutôt rapide. Et tenace.

— Super. Je viens avec vous.

Macey ne pouvait même pas le rembarrer, vu que deux agents du Secret Service nous emboîtaient le pas, ainsi qu'une équipe de télévision. Du coup, elle s'est contentée de pousser la porte sans un mot, et on s'est retrouvés dans le tunnel.

Un homme aux cheveux blancs et aux sourcils broussailleux m'est rentré dedans avant de s'excuser avec un fort accent du Sud. Des femmes portant des tee-shirts *Les habitants de Washington sont pour les Winters* ont salué Preston, qui les a ignorées, trop occupé à essayer de rester à notre hauteur.

— Si j'ai bien compris, vous fréquentez le même lycée, toutes les deux, a-t-il commencé. Est-ce que les pensionnaires de la Gallagher Academy sont toutes d'une beauté aussi frappante que la vôtre ?

Macey a pivoté vers lui.

— En fait, frapper est notre spécialité.

On empruntait maintenant le couloir délabré que j'avais pris à l'aller.

— Tu sais, Preston, on pourrait se tutoyer, non ? suis-je intervenue pour changer de sujet. Tu dois être vraiment content à l'idée que ton père devienne président…

— Oh, oui ! Il a de grands projets pour l'Amérique.

C'était peut-être le fils d'un homme politique, mais moi je suis la fille d'une espionne et je sais reconnaître un mensonge.

Macey a appuyé sur le bouton de l'ascenseur de service en réfléchissant, j'en suis sûre, au moyen de se débarrasser de Preston. Quant à moi, je ne pouvais pas m'empêcher de penser à un autre garçon croisé dans un autre ascenseur…

On s'est tous engouffrés dans la cabine, mais, comme on était un peu juste, un des agents a dû sortir.

— Au fait, je vous présente Charlie, a dit Preston en faisant un geste vers l'armoire à glace qui restait.

La porte s'est refermée sans que le dénommé Charlie prononce un seul mot.

Cette fois, le trajet jusqu'au dernier étage m'a semblé un peu plus long qu'à l'aller. Quand les portes se sont ouvertes, j'ai compris pourquoi.

Au lieu de déboucher sur le couloir du dernier étage, on s'est retrouvés dans un endroit vraiment étrange, baigné d'une lumière fluorescente. Il n'y avait ni tapis rouge, ni hommes en costume qui couraient partout, ni gardes du corps. Un chariot auquel il manquait deux roues traînait dans un coin. D'autres croulaient sous les draps sales, à côté de vieilles têtes de lit. D'énormes machines à laver tournaient à grand bruit en dégageant une forte chaleur.

— Tu ne te serais pas trompée d'étage ? ai-je demandé à Macey.

— Mon programme dit *12 h 05 : film promotionnel. Ascenseur de service. Niveau R.*

Elle a indiqué du doigt la lettre R peinte sur le mur, en face de nous.

J'ai jeté un coup d'œil à Charlie, qui, pour la première fois, a ouvert la bouche.

— Je suis avec le Paon et Chien Fou, a-t-il déclaré dans sa manchette – et Preston a cru bon d'expliquer :

— J'ai trouvé ce surnom moi-même…

— On est au niveau R, a continué l'agent. Le tournage doit-il avoir lieu ici ou le programme a-t-il changé ? (Il m'a regardée.) Ils sont en train de vérifier.

On commençait vraiment à étouffer là-dedans, et Macey s'est dirigée vers l'extrémité de la pièce pour pousser une porte.

— On n'a rien à faire ici, de toute façon, a-t-elle décrété.

Une élève de la Gallagher Academy est censée, entre autres choses, aimer l'aventure, faire preuve de courage et ne pas avoir le vertige. Ça tombait bien. C'étaient justement les qualités dont on avait besoin, Macey, Preston et moi, quand on s'est retrouvés sur le toit de l'hôtel et qu'un coup de vent a refermé la porte derrière nous.

Des clochers d'église et des buildings se profilaient devant nous. Soixante étages plus bas, des camionnettes de la télévision et des cars stationnaient dans les rues embouteillées, très loin. Et c'était justement ça, le souci.

Ici, pas de caméras ni de spécialistes des relations publiques. Je me suis tournée vers Macey.

— Je crois qu'il y a comme un problème, a-t-elle dit. (Elle s'est adressée à Preston.) On est censés se trouver où ? Fais-moi voir ton programme.

— Euh, c'est que… a bafouillé Preston. C'est ma mère qui l'a.

J'ai cherché des yeux Charlie, derrière nous, mais il n'était nulle part en vue.

C'est là que j'ai compris qu'on avait intérêt à déguerpir tout de suite.

Pendant que je filais vers la porte, Preston s'est exclamé :

— Qu'est-ce que tu cours vite !

J'ai tiré de toutes mes forces sur la poignée – en pure perte – avant de tambouriner sur la paroi en métal. Elle était verrouillée. Il n'y avait aucune issue à espérer de ce côté-là.

— Décidément, quelque chose cloche, a déclaré Macey en examinant de nouveau son programme.

Elle semblait avoir oublié tous ses réflexes d'espionne, tellement elle était entrée dans le rôle de la fille de l'homme politique.

— Quelque chose ne tourne vraiment…

Soudain, elle a planté ses yeux bleus dans les miens, et j'y ai vu passer une lueur d'effroi. Puis elle les a baissés sur son papier, avant de les lever de nouveau vers moi… et, enfin, vers l'hélicoptère qui se dirigeait droit sur nous.

CHAPITRE 3

En mission secrète, les vrais problèmes surgissent toujours quand vous vous y attendez le moins. Vos ennemis ne vous préviennent pas avant de passer à l'attaque. Ils ne vous laissent pas le temps de déjeuner tranquillement.

Même une apprentie espionne ne doit jamais vraiment se considérer comme en vacances.

Mais, après tout, le programme de Macey comportait peut-être une erreur. Ou alors, les horaires avaient changé et on avait oublié de l'en informer. D'ailleurs, pourquoi nos professeurs nous auraient-ils attirées sur ce toit, Macey et moi, pour nous faire passer une épreuve horrible ? On avait peu de chances de devoir se battre. Et il n'y avait aucune raison pour que mon rythme cardiaque s'accélère.

Et pourtant…

— Tu penses ce que je pense ? ai-je demandé à Macey.

Elle a haussé les épaules.

— Nos profs n'oseraient jamais rien devant lui.

Elle a indiqué d'un signe du menton Preston, appuyé contre la balustrade. Il contemplait l'agitation en bas sans avoir conscience de l'existence du point noir qui se rapprochait à vitesse grand V.

— Il n'est peut-être pas censé être là, ai-je argué.

Soudain, le programme de Macey lui a échappé des mains. Tandis que l'hélicoptère amorçait sa descente, le bout de papier a virevolté autour de nous. C'était comme si mon amie venait de laisser tomber sa couverture. Parce que Macey n'avait plus rien de la fille du futur vice-président, désormais.

— Hé, regardez l'héli... a commencé Preston en remarquant enfin l'appareil au-dessus de nous.

Une corde en est tombée, et il s'est figé. Puis la porte qui donnait accès au toit s'est ouverte avec un bruit métallique. Mais, au lieu de Charlie, deux individus masqués sont apparus dans la lumière du soleil.

— Je suis en vacances ! n'ai-je pu m'empêcher de crier.

Preston regardait fixement une troisième silhouette vêtue de noir descendre en rappel de l'appareil. Il avait l'air de croire qu'il était dans un jeu vidéo – ou en plein cauchemar.

— Ils ne ressemblent pas à des électeurs indécis... a-t-il commenté, comme s'il cherchait à se protéger derrière une blague.

Les inconnus ne se sont pas jetés sur nous, loin de là. Ils se sont avancés avec calme vers Macey et moi – on s'était placées dos à dos au milieu du toit.

— Preston, ai-je hurlé, sauve-toi !

J'aurais voulu qu'il se cache. Mieux, qu'il tombe dans les vapes ou qu'il devienne aveugle. Parce que je savais comment les choses peuvent tourner quand un garçon normal se retrouve au beau milieu d'une opération secrète. Et je n'avais vraiment pas envie que ça recommence.

— Je ne suis pas… (j'ai poussé un grognement en parant une première attaque) au meilleur (puis je me suis déportée sur la droite pour envoyer un coup de pied dans le genou d'un deuxième assaillant) de ma forme.

Un homme se tenait devant moi. Il souriait de toutes ses dents – qu'il avait éclatantes. L'espace d'un instant, j'ai cru reconnaître M. Solomon. Quant à la première personne descendue de l'hélicoptère, je me suis demandé si ce n'était pas ma mère – ses formes ne laissaient aucun doute sur son sexe.

Mais je n'ai pas eu le temps d'y réfléchir davantage, parce qu'un coup de poing dans les côtes, venu de nulle part, m'a terrassée. Étendue de tout mon long sur le goudron du toit, j'ai vu d'autres hélicoptères tournoyer autour de nous, et j'ai compris.

Je savais que ma mère et M. Solomon auraient préféré mourir plutôt que malmener à ce point leurs élèves.

Je savais que les coups de nos assaillants n'étaient pas un exercice. Je lisais une détermination froide dans leurs yeux.

Et je savais qu'il fallait absolument entraîner Macey et Preston loin de ce toit.

Tout ce que j'avais appris en cours d'autodéfense m'est soudain revenu. Je me suis rappelé qu'il ne suffit pas d'envoyer des coups de pied et de poing pour s'en sortir. La survie est aussi une question de réflexes. Ils doivent être le plus rapides possible. Et surtout, il ne faut pas réfléchir.

J'avais perdu toute notion du temps, maintenant. Ma seule certitude, c'était qu'un des hommes s'avançait vers moi. J'ai plongé pour éviter son poing, avant de chercher des yeux une arme ou une issue. C'est là que je l'ai vue : une planche étroite, munie de rails sur les côtés et attachée à une poulie. Le genre dont se servent les laveurs de vitres.

Mon pouls s'est accéléré. Le vent sifflait dans mes oreilles quand j'ai saisi la main de Preston en lui ordonnant :

— Viens !

Quelqu'un a couru derrière moi, et une main s'est posée sur mon bras. Je me suis retournée, mais, avant que je n'aie pu me défendre, Preston a envoyé son poing libre dans la gorge de notre adversaire. Un coup de bol, sans doute, mais peu importe. Il fallait à tout prix mettre le fils du futur président à l'abri, sur la planche.

— J'ai frappé ce type... a murmuré Preston, hébété, en contemplant sa main.

— J'ai vu ça. Bien joué !

Je croyais avoir repris le contrôle de la situation quand, soudain, Preston a semblé remarquer que je l'entraînais vers une planche qui flottait dans le vide, en haut d'un bâtiment de soixante étages.

— Attends ! a-t-il crié.

— T'inquiète pas, ça va aller.

— Mais... a-t-il protesté.

Derrière moi, Macey a gémi de douleur. J'ai essayé d'ignorer sa plainte pour rester concentrée sur ma mission, et j'ai appuyé sur le bouton vert.

— Accroche-toi bien ! ai-je lancé à Preston, qui s'est retrouvé presque instantanément vingt étages plus bas.

J'aurais bien savouré ma victoire, mais nos attaquants semblaient avoir repris leurs esprits. La preuve, la femme a pointé le doigt vers Macey, à côté de moi, en ordonnant :

— Emparez-vous d'elle.

J'ai glissé un bref coup d'œil vers mon amie, la fille du futur vice-président et de l'une des femmes les plus riches du monde. Mon amie dont le visage s'étalait dans tous les kiosques à journaux du pays et qui représentait une aubaine pour n'importe quel ravisseur.

Macey et moi, on a reculé lentement pour se rapprocher du mur, derrière nous. On était cernées.

— Non ! me suis-je exclamée, comme si ça pouvait suffire à arrêter nos ennemis.

Mon regard s'est soudain posé sur un tuyau rouillé, à quelques mètres à droite de la porte hermétiquement close. J'ai aussitôt donné un grand coup de pied dedans – il a bougé de quelques centimètres. Pendant que, derrière moi, un des hommes se jetait sur Macey, j'ai renouvelé mes efforts. Un horrible craquement a suivi. Je me suis retournée, et j'ai vu mon amie, la main serrée sur son bras, tomber par terre en gémissant. J'ai de nouveau tapé de toutes mes forces dans le tuyau, qui a fini par céder, et je m'en suis emparée pour le lancer violemment vers l'agresseur de Macey. Mon arme improvisée a atteint son crâne avec un bruit sourd. Sans prendre le temps de constater les dégâts, j'ai attrapé ma camarade par le bras et l'ai poussée dans le trou dégagé par le tuyau.

J'allais la suivre quand une main de fer m'a saisie par les épaules. En essayant de me dégager, j'ai effleuré des doigts une bague en or gravée d'un emblème. J'aurais juré l'avoir déjà vue quelque part. Pendant un bref instant, j'ai tenté de me rappeler où et quand, mais la voix de Macey m'a fait revenir sur terre.

— Cammie, a-t-elle chuchoté.

J'ai redoublé d'efforts pour desserrer l'étreinte de mon adversaire tout en essayant de me propulser dans le trou. Tout à coup, j'ai pensé au macaron de campagne des Winters et des McHenry épinglé à ma chemise. Je l'ai arraché d'un coup sec et j'ai planté l'aiguille dans la main toujours agrippée à mon épaule gauche.

La femme a hurlé de douleur, et j'ai pu me dégager. J'ai aussitôt suivi mon amie dans le trou en criant :

— Cours, Macey !

Je n'avais pas le temps de réfléchir. Je n'avais aucun plan en tête. Pas de fiches de révision. Pas de liste de vocabulaire. Ma seule idée : fuir. J'ai regardé Macey, dont le bras pendait bizarrement. Puis je me suis tâté les côtes. Elles étaient douloureuses, sans doute cassées. Mais il fallait déguerpir, et au plus vite.

— Allez, vas-y ! ai-je répété.

Derrière nous, j'ai entendu la porte en métal s'ouvrir de nouveau. Un rai de lumière a éclairé la pièce et, Macey et moi, on a aperçu deux longues jambes qui dépassaient d'une des machines à laver, sur le sol en ciment.

— Charlie, a murmuré mon amie.

On a atterri dans une salle pleine de machines. Puis on a longé un tas de vieux meubles et d'objets en tout genre, avant d'atteindre l'ascenseur qui nous avait conduites jusque-là. J'ai cru que j'allais pleurer de joie.

Les portes se sont ouvertes.

Le problème, c'est qu'à la place des boutons commandant l'accès aux étages des fils électriques emmêlés sortaient du mur, sectionnés avec une précision toute professionnelle.

On n'avait plus aucun moyen de s'échapper. Aucun endroit où se cacher. Je me suis retournée vers les trois silhouettes qui s'approchaient de nous en formation parfaite. La partie de chasse allait bientôt se terminer, et un hélicoptère emmènerait Macey je ne sais où.

J'ai jeté des coups d'œil autour de moi, à la recherche d'une arme. Mon regard s'est posé sur un chariot à roulettes, que j'ai envoyé de toutes mes forces vers le trio en priant pour qu'il arrive à culbuter nos adversaires comme des quilles de bowling. Mais l'un d'eux l'a simplement dévié sur le côté.

— Cammie, a chuchoté Macey.

Elle blêmissait à vue d'œil, son bras gauche avait doublé de volume, mais elle a quand même réussi à pointer la main droite vers un orifice carré dans le mur – un genre de vide-ordures, ou une gaine d'aération.

Je ne savais pas exactement ce que c'était ni où ça conduisait. De toute façon, je n'avais pas le temps de me poser la question. J'ai aussitôt plongé en avant en entraînant Macey.

L'un des hommes s'est rué vers nous. J'ai entendu quelqu'un crier « non ! » tandis que je basculais dans la gaine. Trop tard. Je tombais en chute libre vers l'inconnu, vers un endroit où je serais peut-être enfin à l'abri. Du moins je l'espérais.

Ma tête a cogné contre la paroi. Quelque chose de chaud et d'humide a coulé sur mes paupières, et tout s'est mis à tourner. Puis mon corps a rencontré une surface molle avec un bruit sourd.

Je me suis relevée à demi, étourdie et endolorie, pour apercevoir une forme atterrir sur des draps blancs. Macey était étendue, inconsciente, à côté de moi.

Le décor dansait devant mes yeux et je me suis effondrée. Une voix étouffée a crié quelque part :

— Secret Service des États-Unis, ouvrez !

Dans le brouillard qui m'enveloppait, j'ai songé à la fois, quelques mois plus tôt, où le monde avait basculé autour de moi, comme maintenant. Ce n'était pas à cause d'une chute, mais parce qu'un garçon m'avait embrassée devant toutes mes camarades, au beau milieu de l'Academy. Je voyais presque son visage se pencher vers moi, comme si je revivais la scène.

Puis tout est devenu noir.

CHAPITRE 4

— Ne bougez pas, m'a ordonné une voix grave.

Une lumière vive a traversé mes paupières fermées, me forçant à tourner la tête de l'autre côté, et j'ai tressailli de douleur.

L'individu a gloussé.

— Je sais que vous n'aimez pas les règles, mademoiselle Morgan, mais vous feriez mieux de suivre mon conseil et de vous tenir tranquille.

J'ai cligné des yeux en déglutissant, avec l'impression d'avoir la bouche pleine de sable et les prunelles comme des charbons ardents. Quand j'ai essayé de me relever, une main m'a obligée à rester allongée. Le visage flou de ma mère était penché vers moi.

— C'était pas un examen, hein ? ai-je réussi à articuler.

Je n'avais aucune idée de l'endroit où je me trouvais ni même de quel jour on était, mais l'expression de ma mère suffisait à répondre à ma question.

— Bon retour parmi nous ! a lancé la voix grave.

Joe Solomon se tenait au pied de mon lit et, pour la première fois depuis que je le connaissais, je me fichais pas mal d'être décoiffée.

— Monsieur…

Ma voix s'est enrouée.

— Tiens, m'a dit ma mère avant de porter un verre d'eau à ma bouche.

Mais je n'avais pas la force de boire.

— Macey ! ai-je crié tout à coup.

Je me suis relevée trop vite, et ma tête a tourné. La gorge me brûlait, mais peu importe. Parmi la multitude de questions qui me traversaient l'esprit, une seule comptait vraiment.

— Macey ! Est-ce qu'elle est… ?

— Elle va bien, a répondu doucement ma mère.

— Mieux que vous, en fait, a commenté M. Solomon. Un bras cassé est beaucoup moins inquiétant que…

Il s'est interrompu pour se tapoter le crâne, et j'ai alors pris conscience du bandage couvrant le mien. Je me suis aussitôt rappelé la chute dans la gaine ainsi que le liquide chaud qui m'avait coulé dans les yeux – du sang, probablement. Du coup, je me suis rallongée sur les oreillers, un peu dans les vapes.

— Où sommes-nous ? ai-je voulu savoir.

Au lieu de la chemise que j'avais à Boston, je portais maintenant mon vieux pyjama. Mon corps était tout endolori, comme si je n'avais pas bougé depuis des années.

— Ça fait longtemps que je suis là ? ai-je rectifié.

— Un peu plus d'une journée, a expliqué M. Solomon. On vous a transportée ici aussi vite que possible.

— Ici ?

J'ai jeté un coup d'œil autour de moi. Il y avait du lambris au mur et du parquet massif au sol. Je devais me trouver dans une maison appartenant à l'école ou à la CIA.

— On est en sécurité ici ?

— Plutôt, oui. Cette maison m'appartient.

Ça alors, j'étais chez M. Solomon ! Dans d'autres circonstances, je suis sûre que j'aurais contemplé pendant des heures les moindres détails de la maison – la couverture en patchwork, le coffre à pêche – et humé longuement l'odeur du pin et des boules de naphtaline. J'aurais été émerveillée d'apprendre que M. Solomon vivait là, qu'il avait un point de chute.

— Je n'y viens pas souvent, a-t-il expliqué, comme s'il lisait dans mes pensées. Mais cette maison me sert de temps en temps, à l'occasion.

De quelles occasions parlait-il ? J'aurais été bien curieuse de le savoir – ça dépassait mon imagination. Mais, au lieu de m'attarder sur cette question, je me suis assise dans mon lit puis j'ai rassemblé tout mon courage pour demander :

— Et Charlie ?

Ma mère a souri, une main caressant mes cheveux.

— Ne t'en fais pas, Cammie. Il s'en sortira.

Cette nouvelle aurait dû me calmer. Mais non. Dehors, les rayons du soleil qui passaient à travers les branches des arbres venaient éclairer le lit. Je me suis redressée un peu plus.

— Macey est là aussi ?

M. Solomon a acquiescé.

— Elle est dehors. On a eu un peu de mal à convaincre le Secret Service de nous la confier…

Il a glissé un regard vers ma mère avant de le reposer sur moi.

— … mais, finalement, on a réussi à trouver des arguments de poids.

— Qu'est-ce qui s'est passé ? ai-je repris, les yeux baissés sur la couverture. C'était… ?

— Une tentative d'enlèvement, a confirmé M. Solomon. Ce genre de choses arrive plus souvent qu'on ne pourrait le croire, mais, dans ces cas-là, la discrétion est de mise.

Je lui ai adressé un sourire forcé. Cette fois, tout le monde risquait d'être au courant.

— Dans quatre-vingt-dix-neuf pour cent des cas, ça ne va pas aussi loin, mais…

— Ils avaient bien préparé leur coup, ai-je commenté avec un frisson en me souvenant de ce que j'avais vécu.

— Oui, a reconnu M. Solomon. D'ailleurs, le Secret Service et le FBI veulent vous poser des questions. Vous savez ce que vous devrez leur dire, n'est-ce pas ?

— Ma voisine de chambre m'a invitée à une conférence, ai-je commencé à débiter. On a été attaquées sur le toit. On a réussi à s'enfuir.

Par la fenêtre, au-delà des arbres, il y avait une clairière et, au loin, un lac qui scintillait au soleil.

— On a eu de la chance, ai-je ajouté.

Et ça, c'était la pure vérité.

Le portable de ma mère a sonné, et elle s'est dépêchée de décrocher. Puis elle a chuchoté quelques phrases dans lesquelles j'ai reconnu le mot « sir ».

J'ai de nouveau tourné les yeux vers l'extérieur. Une fille se tenait sur le ponton du lac, et j'ai aussitôt décidé de me lever pour me diriger vers la porte.

— Oui, et tout s'est bien terminé, heureusement, a déclaré M. Solomon.

J'ai pivoté vers lui. Il indiquait du doigt ma tête endolorie.

— Faites-moi confiance, Cammie, dans quelque temps ce ne sera plus qu'un mauvais souvenir. Je sais de quoi je parle, a-t-il conclu avant d'effleurer une cicatrice presque invisible sur sa tempe.

M. Solomon est le meilleur prof que j'aie jamais eu, alors je n'ai pas voulu le décevoir.

— Oui, sans doute, ai-je menti.

— Salut ! ai-je lancé en m'avançant vers l'extrémité du ponton.

Macey contemplait les eaux tranquilles du lac. Sa joue gauche était égratignée, elle avait un œil au beurre noir et son bras droit dépassait d'une écharpe pas très glamour.

Quand je suis arrivée à sa hauteur, je n'ai pas pu m'empêcher de me dire que, si Macey avait cette tête, la mienne devait vraiment être horrible. De quoi me dégoûter des miroirs pour le reste de ma vie.

— Salut ! a-t-elle répliqué. Bienvenue chez les vivants.

— Merci.

— Comment va ta tête ?

— Bof. Et toi, comment va ton bras ?

Macey n'a pas répondu. Elle n'a fait aucun commentaire sur mes cheveux en bataille, ni sur les bleus qui nous couvraient le visage et qu'aucun maquillage n'aurait pu camoufler.

Je n'ai pas insisté. Au lieu de ça, je me suis contentée d'écouter les planches grincer sous mes pieds. À la Gallagher Academy, on nous avait appris à nous sortir de situations difficiles mais pas à en gérer le contrecoup.

J'aurais voulu entendre M. Solomon analyser nos faits et gestes une bonne fois pour toutes afin de ne plus jamais avoir à y penser. Et, bien sûr, j'aurais aimé qu'on réponde aux questions qui m'obsédaient. Qui étaient nos assaillants ? Pourquoi s'en étaient-ils pris à nous ? Après ça, je pourrais tourner la page et me réveiller de ce cauchemar.

Mais, par-dessus tout, je voulais que la fille qui avait vécu cette attaque avec moi se retourne enfin et réalise que j'étais là, à son côté, comme elle l'avait été pour moi à Boston.

— Il paraît que Charlie va s'en remettre, ai-je affirmé.

Macey n'a même pas souri.

— T'as eu des nouvelles de Preston ? ai-je repris.

Sans succès. Elle n'a pas bougé d'un cil.

— Macey, tu veux parler de tout ça ?

Pas de réponse.

— Macey, dis quelque chose, s'il te plaît. Dis…

— C'est beau ici, a-t-elle répliqué tandis que le vent agitait doucement les branches des arbres. J'aime bien regarder l'eau.

— Tu n'as pas une résidence secondaire à Martha's Vineyard ? ai-je demandé.

À côté de sa maison, celle de M. Solomon devait ressembler à une cabane en ruine.

Mais Macey a fixé la surface paisible du lac en répliquant :

— C'est mieux ici.

— Tu sais, on va devoir répondre à des questions. Il faudra faire très attention à…

— Ils m'ont déjà briefée tout à l'heure, a répondu Macey, les yeux rivés sur l'horizon. (Elle a enfin tourné la tête vers moi.) On est en sécurité, ici. Pas vrai, Cammie ?

— Oui, Macey.

Il commençait à être tard. Mon horloge interne fonctionnait de nouveau : d'après la position du soleil, qui disparaissait derrière les collines, il devait être à peu près 20 heures.

— Il est presque temps d'y aller, a déclaré Macey, comme si elle lisait dans mes pensées. Mes parents vont venir me chercher. Ils veulent que je continue la campagne avec eux.

Je l'ai dévisagée, oubliant un instant ma tête et mes muscles douloureux. Elle m'a lancé un sourire forcé.

— On a gagné dix points dans les sondages.

Je ne savais pas quoi répondre à ça, alors je n'ai rien dit. On est restées là en silence, jusqu'à ce qu'on entende la porte de la maison claquer. Quelques secondes plus tard, un hélicoptère est apparu à l'horizon puis a plongé vers le sol. À la surface du lac, des rides se sont formées, et on a entendu l'appareil se poser quelque part dans la forêt.

Le vent s'était rafraîchi, tout à coup – Macey a frissonné sans pour autant quitter le ponton.

En ce moment même, on devait parler d'elle sur toutes les chaînes de télévision et sur toutes les radios. À Boston, un tas de gens étaient sans doute occupés à réécrire des discours. La campagne présidentielle avait une nouvelle star. Mais on était à des années-lumière de Boston, alors je suis restée là, à côté de mon amie, en pensant que M. Solomon s'était trompé sur un point.

Ce n'était pas moi qui avais pris le plus de coups, dans l'histoire. Macey était dans un triste état. Bien davantage que moi.

CHAPITRE 5

D'habitude, le manoir résonne d'une multitude de bruits, le jour de la rentrée : le crissement des pneus sur le gravier, le claquement des portières, les valises qui cognent contre la rampe d'escalier, et les cris de joie des filles qui se retrouvent.

Pourtant, les premiers sons que j'ai entendus ce matin-là, c'étaient des murmures à peine audibles.

— Est-ce que Macey va revenir cette année ? a demandé une terminale à une autre devant la bibliothèque.

— Il paraît qu'on a dû lui amputer le bras et le remplacer par un membre bionique fabriqué par le docteur Fibs, a déclaré une quatrième pendant que je passais devant leur salle commune.

Apparemment, toutes les élèves de la Gallagher Academy revenaient de vacances avec les mêmes questions.

Comme un fantôme, j'ai déambulé dans les couloirs quasi déserts, jusqu'à ce que je me retrouve nez à nez avec Tina Walters.

— Cammie ! a-t-elle crié en jetant ses bras autour de mon cou. Alors, ça va ?

— Oui, Tina, je…

— J'ai entendu dire que t'avais tué une femme avec un macaron de campagne…

En tant qu'adolescente, apprentie espionne et fille de journaliste – sa mère tient une rubrique dans un magazine people –, Tina adore échafauder des théories plus tordues les unes que les autres.

La scène du toit m'est revenue en mémoire – le cri de la femme quand j'ai planté l'aiguille de mon macaron dans sa main, la bague que j'étais certaine d'avoir déjà vue…

— Cammie ? a lancé Tina pour me faire redescendre sur terre.

— Oui, si on peut dire, ai-je finalement répliqué avant de continuer mon chemin.

Quand on s'appelle le Caméléon, on a parfois l'impression que la vie est une partie de cache-cache sophistiquée. Et c'est vrai que je suis très forte pour me dissimuler. Malheureusement, mes amies sont plutôt tenaces lorsqu'il s'agit de me chercher.

— Cammie ! a crié une voix à l'accent du Sud dans l'ombre. On sait que t'es là.

Des bruits de pas légers comme l'air ont suivi. Je ne connais qu'une seule personne assez délicate pour pouvoir marcher sur le parquet du manoir sans faire grincer une seule latte.

— Ho hé, Cammie ! a de nouveau appelé Liz.

Je l'ai entendue s'avancer dans le couloir qui débouchait sur notre ancien QG – celui qui nous avait servi à préparer une opération secrète dont on n'avait pas de quoi être fières, l'année précédente.

— Je savais qu'on te trouverait là, a lancé mon autre voisine de chambre en progressant dans l'obscurité.

En voyant apparaître mes deux amies, j'ai eu l'impression que Liz était encore plus mince que d'habitude et que Bex avait embelli pendant l'été. Les cheveux blonds de la première étaient presque blancs après un été au soleil. Quant à Bex, son accent s'avérait plus prononcé, comme toujours après quelques mois passés en Angleterre avec ses parents.

— Le trimestre vient à peine de commencer et tu te caches déjà ! s'est moquée celle-ci.

Je lui ai adressé un sourire forcé.

— Qu'est-ce qui m'a trahie ? ai-je demandé.

— De légères traces de pas devant l'entrée, a-t-elle expliqué. Tu deviens négligente, ma parole !

Elle s'est figée net quand elle a réalisé sa gaffe.

— Enfin, c'est pas ce que je voulais…

— C'est pas grave, Bex.

— T'as pas du tout été négligente ! a-t-elle insisté.

— D'ailleurs, tout le monde dit que t'as été super, est intervenue Liz. Si t'avais pas été là…

Elle n'a pas achevé, sans doute parce qu'elle ne voulait pas imaginer comment cette histoire aurait pu se terminer.

Bex s'est dirigée vers les caisses retournées qui envahissaient la pièce.

— Tu l'as vue ?

— Le lendemain, c'est tout.

— Elle va revenir, pas vrai ? a demandé Liz.

— Je ne sais pas.

— Ils ne vont quand même pas la garder avec eux tout le temps ? Et puis, elle est en sécurité, ici.

— J'en sais rien, Liz, ai-je répliqué d'un ton un peu sec avant de dire plus doucement : Ni qui a fait ça et pourquoi…

Puis j'ai tourné la tête vers la lucarne.

— Elle m'a invitée à la conférence, a expliqué Bex après quelques secondes de silence. Mais comme, pour une fois, mes parents étaient à la maison, je n'ai pas pu y aller.

Bex avait beau adorer les bagarres, elle ne semblait pas regretter d'avoir raté celle-là.

— Moi aussi, a affirmé Liz en se laissant tomber sur le sol poussiéreux. Ma mère était d'accord pour que j'aille la rejoindre, mais, vu qu'il ne me restait que quelques jours pour profiter de mes parents, j'ai refusé. Au fait, Tina prétend que ceux de Macey ont engagé un ancien des forces spéciales pour l'emmener se cacher dans l'Himalaya.

— Tina prétend pas mal de choses, a répliqué Bex. Et, la plupart du temps, elle se trompe.

Je ne partageais pas tout à fait l'avis de Bex. Tina n'était pas si loin de la vérité en me demandant si j'avais tué quelqu'un avec mon macaron. Et puis, ça faisait des années qu'elle affirmait qu'il y avait une école d'espionnage pour garçons. Personne ne l'avait prise au sérieux, jusqu'à ce qu'une délégation de l'Institut Blackthorne vienne emménager dans l'aile est, où on se trouvait en ce moment.

— Pas toujours, ai-je rétorqué en contemplant la pièce vide.

Au printemps dernier, on avait essayé de savoir coûte que coûte qui étaient ces garçons et si on pouvait leur faire confiance. D'ailleurs, les murs de notre QG étaient encore couverts de plans d'attaque, et des fils électriques reliés à des micros couraient toujours quelque part dans leurs chambres. Mais, depuis que Macey et moi on avait été confrontées à la dure réalité sur ce toit, cette histoire nous paraissait un peu dérisoire.

Liz a dû lire dans mes pensées, parce qu'elle a dit :

— T'as eu des nouvelles de… tu sais… Zach ?

Je me suis souvenue des images qui étaient passées devant mes yeux avant que je tombe dans les pommes, et j'ai failli demander : « Est-ce que les hallucinations causées par une blessure à la tête comptent ? »

Mais j'ai préféré me taire, vu que A) j'étais peut-être vraiment en train de devenir folle et B), pour une élève de la Gallagher Academy, la pire des folies, c'est d'être obsédée par un garçon.

À l'extérieur, la file de limousines continuait à amener mes camarades en lieu sûr, dans l'enceinte du manoir – comme chaque année à la même époque.

J'avais vu cette scène se jouer plusieurs fois, et tout se déroulait normalement lorsque, tout à coup, des dizaines de camionnettes ont surgi sur la route. La seconde d'après, les agents de la sécurité se sont précipités dehors pour vérifier leurs émetteurs satellites et leur matériel, et des hélicoptères se sont mis à tourner autour du manoir.

— Oh, mon Dieu ! me suis-je exclamée.

Bex et Liz se sont pressées contre la vitre, à côté de moi. Soudain, des sirènes ont hurlé et une voix mécanique a lancé dans les haut-parleurs : ALERTE ROUGE, ALERTE ROUGE, ALERTE ROUGE.

— Qu'est-ce qui se passe ? a crié Liz.

Bex et moi, on a souri.

— Macey est de retour.

CHAPITRE 6

En un instant, après des heures de silence, le manoir est devenu une vraie fourmilière. Quand on est arrivées au premier étage, des lumières rouges clignotaient dans tous les coins. À ma droite, une affiche vantant un séjour à Paris a glissé sur le mur pour dissimuler une présentation des techniques secrètes de communication à travers les âges. (De toute façon, ce n'était pas vraiment nécessaire, vu que, ce mois-ci, elle était écrite à l'encre invisible.)

Lorsqu'on est passées devant la salle réservée à l'étude des codes secrets, la plaque posée sur la porte s'est retournée, indiquant « Bureau d'orientation ».

Toute l'école était en train de se transformer pour cacher ses secrets. Pendant que Bex, Liz et moi, on se frayait un passage parmi des quatrième, je n'ai pas pu m'empêcher de sourire. Trois cent soixante-quatre jours auparavant, Macey avait déboulé à l'école pendant une Alerte Rouge. Ça paraissait presque logique qu'elle revienne dans les mêmes circonstances.

Mais, en traversant la salle d'histoire, où l'épée de Gillian Gallagher disparaissait dans sa cache, j'ai pris conscience de quelque chose : l'Alerte Rouge s'était déclenchée non pas pour Macey mais pour ceux qui l'accompagnaient.

La porte du bureau de la directrice s'est ouverte, et ma mère, vêtue de son plus beau tailleur, a lancé d'un ton sinistre :

— Alors, prêtes à vous retrouver sous le feu des projecteurs ?

À peine étais-je entrée qu'une autre voix a attiré mon attention.

— *L'Amérique tout entière guette la première apparition de Macey McHenry, cette jeune fille courageuse qui a été projetée en pleine lumière après avoir échappé à un terrible danger.*

Bex s'est emparée de la télécommande pour changer de chaîne. Tout à coup, une image nous a toutes fait frissonner.

Une journaliste munie d'un micro remontait l'allée qui mène à notre manoir en expliquant :

— *Nous voici devant les grilles de la Gallagher Academy pour Jeunes Filles Exceptionnelles, où l'une d'elles s'apprête à revenir après avoir vécu l'événement le plus traumatisant de sa vie. La question est de savoir si Macey McHenry sera vraiment en sécurité derrière ces murs.*

En suivant ma mère dans l'escalier principal, j'ai réalisé que notre couverture allait être mise à rude épreuve. Parce que, même si la direction de la Gallagher Academy n'a jamais vraiment essayé de dissimuler l'existence de notre école (il y a plus discret qu'un manoir, après tout), elle n'a pas non plus cherché à faire parler d'elle.

Quand Gillian Gallagher, la fondatrice, a transformé le manoir familial en école pour apprenties espionnes, elle a eu la bonne idée de ne pas inscrire sur la plaque extérieure :

« Gallagher Academy – Établissement pour agents secrets depuis 1865 ». Au lieu de ça, elle l'a présentée comme une école réservée aux jeunes filles talentueuses. Et la mission de chaque élève et de chaque professeur est restée la même depuis ce temps : s'assurer que personne ne découvre à quel point les élèves Gallagher sont exceptionnelles. Ce qui peut s'avérer compliqué quand le moindre de vos faits et gestes est retransmis sur toutes les chaînes télévisées du pays.

Ma mère a ouvert la porte d'entrée, et on a toutes retenu notre souffle. Et, lorsque j'ai vu trois grosses camionnettes noires franchir les grilles, j'ai aussitôt oublié mon ventre qui gargouillait.

— C'est le Secret Service, a murmuré ma mère.

Un homme à l'air énergique et aux cheveux poivre et sel est descendu d'un des véhicules pour venir à notre rencontre.

— Madame Morgan ? Agent Hughes. Nous nous sommes parlé au téléphone.

— Oui, bien sûr. Vous êtes chargé de la sécurité de la famille McHenry, c'est bien ça ? a-t-elle demandé d'un air hésitant, comme si ce vocabulaire était nouveau pour elle.

L'homme a acquiescé avec un sourire.

— Oui, madame. Ne vous inquiétez pas. À partir de maintenant, on s'occupe de tout. Nos agents veilleront sur Mlle McHenry. Ils répondront à toutes vos questions et vous informeront de leurs besoins.

— Vous m'en voyez vraiment soulagée, a répliqué ma mère d'un ton hyper-crédible. (Pas étonnant : c'est la meilleure espionne du monde !) Oh, excusez-moi, a-t-elle poursuivi en se tournant vers nous trois. Permettez-moi de vous présenter les camarades de chambre de Macey. Voici Elizabeth Sutton, Rebecca Baxter et ma fille, Cammie.

Mais l'agent Hughes ne l'écoutait plus. Il était trop occupé à me dévisager – moi, l'adolescente que personne ne remarque d'habitude.

— Vous étiez sur le toit, n'est-ce pas ? (Il s'est approché, les yeux fixés sur mon bandage.) Ne vous inquiétez pas, mademoiselle. Nous veillerons sur vous toutes. (Il a pivoté vers ma mère.) Les murs encerclent complètement le parc ?

— Oui, a répondu celle-ci.

— Vous avez des caméras de vidéosurveillance ?

Il a examiné les murs de pierre couverts de lierre.

— Quelques-unes.

En réalité, il y en a 2 546, mais ma mère n'a pas cru utile de divulguer cette information à l'agent Hughes.

— Bon, a-t-il repris, je suis sûr que nos agents sauront voir avec vous comment renforcer le système de sécurité.

— Oui, a répliqué ma mère en jetant un coup d'œil dans ma direction. Ça nous sera d'une *grande aide*.

Elle faisait sans doute allusion à ma fâcheuse habitude de me faufiler entre les mailles du filet depuis des années.

C'est là que j'ai commencé à paniquer. Le Secret Service allait renforcer le système de sécurité de l'école ?

— Comme nous vous l'avons expliqué la semaine dernière, l'un de nos agents veillera sur Mlle McHenry vingt-quatre heures sur vingt-quatre. Il l'accompagnera en classe, et partout où elle ira.

Le Secret Service allait nous accompagner partout ?

J'ai tourné les yeux vers Bex et Liz. Elles semblaient aussi terrifiées que moi. La Gallagher Academy nous avait préparées à un tas de choses, mais certainement pas à ça.

Et pourtant, on n'était pas au bout de nos surprises, parce que ma mère s'est contentée de sourire en disant :

— Bien sûr.

L'agent a continué à examiner le terrain. Quand on est arrivés au bout du chemin (truffé de caméras et de détecteurs de mouvements), on a découvert de nouveaux camions dans le parc, munis d'antennes paraboliques prêtes à diffuser des images de nous au monde entier. Les choses commençaient sérieusement à se corser : non seulement on allait affronter le danger le plus grand qu'ait jamais connu notre école, mais en plus ça se ferait sous les yeux d'un tas de téléspectateurs.

Les grilles se sont ouvertes pour laisser passer un dernier véhicule.

— Pile à l'heure, a lancé l'agent Hughes.

Au lieu de s'approcher du manoir, la limousine s'est arrêtée au milieu du chemin, et des hommes en costume noir se sont aussitôt rués dessus. Comme un an plus tôt, le sénateur McHenry et sa femme en sont sortis, et j'ai eu l'impression que la même scène se rejouait – cette fois, sous les flashs qui crépitaient et les commentaires d'un envoyé spécial.

Puis une des portières s'est de nouveau ouverte, et l'impression de déjà-vu a cessé. À la place des bottes de combat qu'elle arborait l'année précédente, Macey était chaussée d'escarpins identiques à ceux de sa mère. Sa minijupe et son piercing au nez avaient disparu. Elle portait maintenant un pantalon noir tout simple, un gilet et une écharpe qui retenait son bras.

J'ai vite réalisé que sa tenue n'était pas la seule chose qui avait changé chez elle. À vrai dire, j'avais du mal à reconnaître cette fille qui se laissait embrasser par sa mère et prendre la main par son père pour brandir leurs poings unis vers le ciel.

Bex m'a lancé un regard incrédule, l'air de penser : « T'es sûre que c'est pas elle qui a reçu un coup sur la tête ? »

En voyant Macey et ses parents se diriger vers le manoir, je ne pouvais pas m'empêcher de me demander quelle facette de sa personnalité elle nous montrerait cette fois.

— Sénateur McHenry, madame McHenry, a déclaré ma mère derrière moi. Je suis ravie de vous revoir, même si j'aurais préféré que ce soit dans des circonstances plus favorables. (Elle a fait un geste en direction de la porte.) Voulez-vous entrer ?

Le sénateur a acquiescé, avant de se tourner vers moi.

— Cammie ? (Il a posé ses mains sur mes épaules.) Merci, a-t-il lancé d'une voix pleine d'émotion.

Quand il a planté son regard dans le mien, j'ai senti mes lèvres trembler et les larmes me venir aux yeux.

— Je suis désolé, a-t-il murmuré ensuite – et je me suis rappelé ce que c'était d'avoir un père.

Ç'aurait pu être un moment inoubliable si Mme McHenry n'avait pas fait volte-face vers sa fille pour lui chuchoter :

— Va aux toilettes te mettre un peu d'anticernes. (Elle a indiqué du menton le bleu que Macey avait toujours au coin de l'œil.) Je ne tiens pas à ce que tu ressembles à une fille des rues devant toutes ces caméras.

La magie de l'instant s'était envolée.

CHAPITRE 7

Les raisons d'apprécier le dîner de bienvenue ne manquent pas, à la Gallagher Academy :

1. Les autres vous racontent comment elles ont passé leurs vacances – et c'est toujours passionnant, surtout quand ces récits impliquent des fusillades.
2. Même si votre grand-mère concocte le meilleur poulet du monde, aucune crème brûlée ne vaut celle du chef Louis, l'ancien cuisinier de la Maison Blanche.
3. Vous pouvez vous tenir au courant des derniers potins.

Ce soir-là, évidemment, personne ne semblait faire beaucoup de cas des points 1 et 2. Seul le point 3 intéressait les filles.

— Alors, Cammie, a commencé Tina en s'installant en face de moi après s'être fait une place entre Liz et Anna Fetterman. Il paraît que t'as envoyé tes trois adversaires à l'hôpital.

— Arrête de fabuler, Tina, ai-je répliqué en poussant un soupir.

Pendant ce temps, Eva Alvarez essayait d'écrire un mot sur le plâtre de Macey, ce qui n'était pas facile, vu que presque toute la place était occupée par d'énormes stickers à la gloire des Winters et des McHenry.

Tina a tourné la tête vers Macey, assise à côté de moi.

— Dis-moi, c'est vrai qu'on t'a vue dans une situation compromettante avec le fils d'un certain futur président ?

Un grand silence s'est abattu sur la table. Tous les regards se sont fixés sur ma voisine. Un an plus tôt, elle aurait balancé une remarque sarcastique à Tina en guise de réponse. Cette fois, elle s'est contentée de rétorquer :

— La personne qui t'a raconté ça devrait changer d'informateur.

C'étaient les premiers mots que je l'entendais prononcer depuis des semaines, et je me suis demandé si elle était dans le même état d'esprit qu'au bord du lac le lendemain de la tentative d'enlèvement.

Soudain, Anna a lancé d'un air angoissé :

— Vous croyez que l'Alerte Rouge va durer jusqu'à la fin du semestre ?

Mes voisines de chambre et moi, on s'est regardées en repensant à l'agent Hughes.

— Ils vont t'envoyer un garde du corps à plein temps, pas vrai ? a demandé Tina.

Macey a acquiescé.

— Peut-être que le Secret Service... a commencé Liz d'une voix hésitante avant de baisser la voix... est au courant.

J'étais certaine du contraire, vu les mensonges que j'avais dû leur débiter à Boston quand ils m'avaient questionnée.

— Ma mère ne leur a rien dit, j'en suis sûre.

— Dans ce cas, on va bien rigoler ! a commenté Bex.

L'éventualité de devoir assommer un agent du Secret Service l'amusait visiblement beaucoup.

— Si ça se trouve, le type qu'on va t'envoyer sera canon, est intervenue Courtney Bauer. Il paraît que tous leurs gardes du corps le sont.

— Ils sont pas mal, a répliqué Macey d'un air nonchalant.

— Peut-être qu'il sera aussi beau que M. Solomon, a lancé Anna en rougissant.

Bon, OK, j'avoue que cette perspective pouvait paraître excitante. Mais la situation était déjà assez dangereuse comme ça. Pas besoin de se compliquer la vie avec des histoires de cœur. J'en savais quelque chose. Parce que, si j'étais restée concentrée au lieu de penser à un certain garçon dans l'ascenseur qui nous avait emmenés sur le toit, on n'en serait peut-être pas là !

Les portes du fond se sont ouvertes et ma mère est apparue, précédant les professeurs au centre de l'immense salle.

Comme chaque année, M. Smith, notre prof de géopolitique – l'être le plus parano du monde –, arborait une nouvelle tête. Mais, cette fois, des murmures d'admiration se sont échappés de toutes les bouches. M. Smith était… canon !

Puis, quand l'assemblée s'est rendu compte que nos professeurs n'étaient pas seuls, un grand silence a suivi.

Les parents de Macey, escortés par l'agent Hughes, venaient de franchir les portes et donnaient de grandes poignées de main à droite et à gauche. Je suis presque certaine que, s'il y avait eu des bébés dans la salle, le sénateur se serait empressé de les embrasser.

Lorsqu'on fait partie de la Gallagher Academy, on peut avoir peur d'un tas de choses. Mais je crois qu'il n'y a pas plus effrayant que voir des étrangers débarquer entre vos murs.

— Bienvenue à toutes, chères élèves, a commencé ma mère. Tout d'abord, je dois vous dire que je n'ai jamais été aussi contente que vous soyez toutes ici…

Elle s'est arrêtée un instant, et son regard a balayé la pièce plongée dans la pénombre depuis que le soleil avait disparu derrière les nuages.

— … saines et sauves.

On aurait entendu une mouche voler. Pour une fois, ce qui était arrivé à deux d'entre nous – Macey et moi, en l'occurrence – ne faisait pas l'objet de simples rumeurs.

— Comme vous le savez, les yeux du monde entier sont braqués sur la Gallagher Academy, à présent.

J'ai jeté un regard vers les McHenry pour essayer de savoir s'ils mesuraient les conséquences des paroles de ma mère. Mais ils se sont contentés de hocher la tête de l'air grave qui convient quand on est candidat à une élection.

— Que ça ne vous empêche pas de continuer à travailler, à faire preuve de courage et d'attention. Surtout, rappelez-vous que le plus important…

Toutes les élèves se sont redressées un peu plus, comme pour signifier qu'elles étaient prêtes à relever le défi que ma mère était sur le point de leur lancer.

— … c'est de protéger votre école. (Sa voix s'est affermie.) Et de veiller les unes sur les autres. Par ailleurs, il faudra vous attendre à des changements de taille.

Un léger murmure s'est élevé.

— Pour commencer, tous les cours auront lieu à l'intérieur du manoir.

Le sénateur McHenry a acquiescé, sans bien sûr comprendre que, grâce à cette précaution, aucun paparazzi muni d'un 200-mm télescopique ne pourrait immortaliser une scène compromettante. Du genre, une élève en train d'envoyer un coup de pied à un mastodonte du service d'entretien après avoir exécuté un double flip.

— Tant que Macey sera là, il vous sera strictement interdit de véhiculer des informations à son sujet, a continué ma mère. Et ce ne sera pas facile, car tout le monde voudra connaître ses faits et gestes. (J'ai jeté un coup d'œil à ma voisine.) Mais je compte sur vous pour rester bouche cousue. Cela dit, le changement le plus important…

Les filles se sont penchées un peu plus vers elle.

— … est le suivant : nous allons accueillir un agent du Secret Service qui assurera la protection de Macey.

J'ai cru voir ses yeux plonger dans les miens.

— Mais je vous rassure, le contenu de vos cours restera strictement le même… Mesdemoiselles, je vous présente l'agent Abigail Cameron.

Tandis que des exclamations de surprise fusaient parmi mes camarades, mes pensées se sont figées. Une femme aux longs cheveux bruns et aux magnifiques yeux verts est apparue dans le fond de la pièce.

— L'agent Cameron est une ancienne élève de la Gallagher Academy et, à ce titre, elle est la seule à pouvoir assurer une protection parfaite à Macey.

D'après ce que je lisais sur les lèvres de mes camarades, la plupart d'entre elles s'extasiaient sur sa beauté.

Moi non plus, je ne pouvais pas détacher les yeux de la nouvelle venue, mais c'était pour une tout autre raison.

— Tante Abby ? ai-je murmuré.

CHAPITRE 8

Après avoir passé quatre ans avec une apprentie espionne britannique qui adore vous attaquer par surprise quand vous vous brossez les dents, plus rien ne peut vous surprendre. Vous gardez un visage impassible quoi qu'il arrive. Enfin, presque.

J'ai essayé de me rappeler la dernière fois que j'avais vu la sœur de ma mère. C'était bien avant que j'atterrisse à la Gallagher Academy, et donc avant… papa.

Ses cheveux étaient plus longs que dans mes souvenirs. Elle était toujours aussi mince, mais elle me semblait un peu plus petite… Enfin, c'était sans doute parce que j'avais grandi.

— Hé, Cammie, a chuchoté Bex en m'envoyant un coup de coude dans les côtes, c'est pas Cameron le nom de jeune fille de ta mère ?

— Si, ai-je répliqué d'un air détaché.

Tout comme mes camarades, je suivais des yeux chacun de ses mouvements. Elle était la parfaite incarnation de ce à quoi voudrait ressemblait n'importe quelle adolescente plus tard.

— Elle me dit quelque chose… est intervenue Liz, qui se creusait visiblement les méninges avec autant d'ardeur que devant un message codé.

Mais il a suffi que ma tante me lance un clin d'œil pour que Bex ait la clé du mystère.

— Non ! s'est-elle exclamée. C'est ta tante…

— Chuuut ! ai-je murmuré.

Tina n'était qu'à quelques mètres de nous, et les McHenry ainsi que l'agent Hughes ne se trouvaient pas très loin non plus. J'avais un tas de raisons de ne pas m'étendre sur l'arbre généalogique de ma famille, la première d'entre elles étant qu'on parlait déjà beaucoup trop de moi.

Ma mère était la directrice de l'école.

J'avais enfreint le règlement en sortant avec un garçon – qui plus tard avait déboulé sur un chariot élévateur en plein milieu de mon examen d'opérations secrètes.

Et tout le monde, ou presque, m'avait vue en train d'embrasser un pensionnaire de l'école d'espions rivale au sein même de l'Academy !

Je n'avais plus grand-chose d'un Caméléon, maintenant. Et le fait que la sœur de ma mère se charge de la sécurité de Macey n'allait pas arranger les choses. Parce que, même si je ne l'avais pas croisée depuis des années, j'étais sûre d'une chose : la discrétion n'était pas le fort de tante Abby.

— Cammie ? a lancé Liz. On dirait que t'as vu un fantôme.

QUESTIONS QUE JE N'AI PLUS ENVIE DE ME POSER DE TOUTE MA VIE

1. Est-ce que Zach a pénétré chez mes grands-parents, voire installé des micros pendant les grandes vacances ? (Parce que la réponse est non.)

2. Est-ce que je sais que les chaînes d'information ont réussi à obtenir une vidéo de l'attaque de Boston, et qu'elles ont choisi de montrer la séquence où on voit ma jupe se soulever ? (Parce que, malheureusement, je ne suis pas près d'oublier la réponse.)

3. Est-ce que je ne trouve pas que le nouveau visage de M. Smith est terriblement attirant ? (Parce que les mots « Smith » et « attirant » ne vont vraiment pas ensemble.)

4. Où ma tante Abby a-t-elle travaillé ? (Parce que je n'en sais rien.)

5. Qu'est-ce qu'elle y a fait ? (Parce que je n'en ai pas la moindre idée.)

6. Pour quelle raison un agent à l'apogée de sa carrière a-t-il pris une retraite anticipée pour veiller sur Macey ? (Parce que je ne veux même pas y penser.)

— Allez, Cammie, crache le morceau, a tenté Liz le lendemain matin. C'est ta tante. Tu dois bien savoir quelque chose.

— Liz, ma tante est un agent secret. Tu sais ce que ça veut dire…

Elle m'a regardée d'un air de ne pas comprendre, contrairement à Bex, qui a acquiescé.

— Tu crois qu'elle va nous donner des cours ? a demandé Liz, qui tenait à la main le devoir facultatif qu'elle comptait rendre à M. Mosckowitz. J'ai essayé de pirater la base de données de la CIA : tout ce qui la concerne est classé secret déf… Aïe !

J'ignore comment elle s'y est prise, mais Elizabeth Sutton, la fille la plus intelligente de toutes les élèves de la Gallagher

Academy, est arrivée à s'entailler le menton avec un simple trombone.

Bex a éclaté de rire quand elle a vu l'égratignure de notre amie.

Mais c'était l'heure d'aller déjeuner, comme me le rappelait mon estomac qui criait famine. J'ai saisi mon sac en disant :

— Venez, on va être en retard.

J'étais déjà dans le couloir quand je me suis rendu compte que quelqu'un manquait.

— Macey ! ai-je appelé avant de pousser la porte de la salle de bains. On va...

Je n'ai pas pu finir. Macey McHenry, la fille qui donnerait des complexes à n'importe qui, même à un top model, se cachait pour se changer ! Je n'ai pas mis longtemps à comprendre pourquoi.

Un bleu énorme tirant sur le rouge et le vert s'étendait sur tout un côté de son corps. Son coude avait doublé de volume. Ça devait lui faire un mal de chien, mais je voyais bien à sa tête que, le plus pénible pour elle, c'était qu'on la surprenne dans cet état.

— Cammie ! Qu'est-ce que tu fabriques ? a crié Bex. On a faim, nous !

— Je vous rejoins plus tard ! ai-je répliqué, les yeux fixés sur ceux de ma camarade dans le miroir. Macey insiste pour que je mette de l'eye-liner.

Ça devait être crédible, parce que la porte de la chambre s'est refermée. Une fois le calme revenu, Macey s'est tournée vers moi.

Sans un mot, elle m'a tendu son bras plâtré, et je l'ai aidée à enfiler sa chemise.

Bex se serait sans doute extasiée sur son bleu. Liz aurait calculé la force qu'il avait fallu pour faire autant de dégâts. Moi, j'ai préféré me taire. Macey n'avait pas envie d'entendre le moindre commentaire, c'était évident. Je me suis donc contentée de lui mettre son pull en gardant pour moi mes inquiétudes.

Le manoir avait repris son apparence habituelle pendant la nuit. Fini, l'Alerte Rouge. Le sénateur et sa clique étaient partis. Les bibliothèques et les tableaux avaient repris leur place et, dans la salle d'histoire, l'épée de Gilly étincelait à nouveau.

Tout semblait redevenu normal… Enfin, pas tout à fait, parce qu'une voix que je n'avais pas entendue depuis très longtemps a lancé :

— Salut, petit monstre.

Ce surnom m'a donné l'impression de me retrouver des années en arrière, et j'ai eu soudain envie de manger de la barbe à papa à m'en rendre malade. Pourtant, je me suis contentée de répliquer :

— Salut.

— T'as bien grandi !

Bex et Liz se dirigeaient maintenant vers nous.

— Je vous présente… ma tante Abby.

Celle-ci s'est tournée vers Bex.

— Ne me dites rien. Vous, vous êtes une Baxter.

Mon amie lui a lancé un grand sourire.

— Comment va votre père ? a demandé tante Abby.

— Très bien.

— Dites-lui de ma part que passer Noël à Dubaï sans lui n'est pas drôle, d'accord ?

Puis elle a tourné la tête vers Liz.

— Ooooh ! s'est-elle exclamée en examinant la coupure sur son menton. Vous vous êtes blessée avec un trombone, pas vrai ?

Liz a écarquillé des yeux.

— Comment vous savez ça ?

— L'expérience... Le docteur Fibs a toujours sa crème qui aide la peau à se reconstituer ?

— Elle n'est pas un peu... forte ?

Le docteur Fibs avait en effet créé ce produit après qu'une quatrième fut tombée dans une cuve d'azote liquide.

— Pas si vous la mélangez avec un peu d'aloe vera. Cette pommade est fantastique. Vous pouvez être sûre de ne garder aucune cicatrice.

— Ah bon ? ont lancé Bex et Liz en même temps.

Tante Abby est venue se placer en pleine lumière.

— Est-ce que mon visage ressemble à celui d'une femme qui a survécu à une bagarre au couteau à Buenos Aires ?

Plusieurs filles qui venaient de débarquer dans l'entrée se sont tordu le cou pour examiner le teint de porcelaine de ma tante.

— Ça, ce n'est pas une bonne idée, mademoiselle McHenry, a-t-elle soudain décrété, à la surprise générale.

J'ai fait volte-face pour voir Macey atteindre la porte. Tante Abby l'avait sentie filer sans même se retourner !

— Je ne prends pas de petit déjeuner, a expliqué notre amie. Je préfère faire une balade.

En entendant l'expression « petit déjeuner », toutes nos camarades ont semblé réaliser tout à coup qu'elles n'avaient pas goûté aux gaufres du chef Louis depuis une éternité. Elles ont disparu une par une dans le Grand Hall, et je me suis retrouvée seule avec mes trois amies et ma tante – la femme qui m'avait appris à neutraliser un individu avec une corde à sauter quand j'avais sept ans. Celle-ci s'est approchée de Macey.

— La sécurité a repéré deux hélicoptères dans les environs ce matin, a-t-elle expliqué. Sans doute des paparazzis, mais vous ne pouvez pas sortir tant qu'on n'en est pas sûr. Désolée.

— À quoi vous servez, dans ce cas ? a rétorqué Macey en continuant de s'avancer vers la sortie.

Tante Abby s'est mise en travers de son chemin.

— À vous empêcher de commettre des imprudences, justement, a-t-elle répliqué en s'appuyant contre la porte. La moindre négligence peut vous être fatale, vous savez.

Puis elle est partie, et Bex m'a attrapé le bras en chuchotant :

— Elle est incroyable !

— Je sais, a-t-elle lancé sans se retourner.

Le reste de la matinée est passé à toute vitesse.

M. Smith nous a parlé pendant cinquante-cinq minutes des avantages et des inconvénients de se faire refaire le visage par les chirurgiens de la CIA. Par exemple, même si le résultat est top, c'est très difficile d'être remboursé par l'assurance maladie, vu que ce genre d'opération est censé rester secret.

Mme Dabney, elle, nous a rappelé comment identifier les différents couverts d'un service de table complet – ainsi que les méthodes permettant de s'en servir comme armes.

Le cours fini, Liz s'est dirigée vers le laboratoire du docteur Fibs.

— À plus ! a-t-elle lancé.

Je m'étais maintenant habituée au fait qu'elle travaillerait plus tard dans un bureau, alors que Bex et moi on avait choisi une carrière sur le terrain.

Mais je ne m'étais pas encore accoutumée à l'idée que Macey n'avait pas rattrapé son retard, et qu'elle ne pouvait pas assister avec nous au cours de M. Solomon, au sous-sol numéro 2.

— On se voit au déjeuner, d'accord ? a-t-elle dit.

Elle est partie vers la classe de M. Mosckowitz, tandis que Bex et moi on empruntait un couloir étroit avant de s'arrêter devant un miroir au cadre doré.

Un mince rayon lumineux a balayé nos rétines. Derrière nous, les yeux d'un portrait se sont éclairés d'une lueur verte, et le miroir a glissé sur le côté pour révéler l'ascenseur qui allait nous conduire dans l'endroit le plus secret de l'Academy.

Pourtant, je n'étais pas aussi pressée d'y parvenir que d'habitude – même en songeant aux bras musclés de M. Solomon, qui, avec un peu de chance, relèverait ses manches pour nous montrer un exercice.

J'étais trop tourmentée pour ça.

— Bex, ai-je commencé.

— Oui ?

— Je suis inquiète pour Macey, tu sais.

— Pourquoi ? a répliqué mon amie en appliquant sa paume contre la paroi intérieure de l'ascenseur. Elle a l'air d'aller bien.

J'ai placé ma main à côté de la sienne, pour permettre au système de lire nos empreintes digitales.

— Je connais un moyen de te réconforter, a ajouté Bex.

— Lequel ?

Tandis que la cabine commençait sa descente, j'ai retiré brusquement ma paume brûlante. Une étrange lumière violette nous a inondées, et Bex a souri.

— On va enfin découvrir le sous-sol numéro 2 !

CHAPITRE 9

Quand, au détour d'un passage secret, vous tombez sur un coffre de pièces anciennes qui vaut une fortune, vous pouvez penser que plus rien n'est susceptible de vous surprendre à la Gallagher Academy.

Eh bien, vous avez tort.

Lorsque l'ascenseur s'est arrêté, j'ai retenu mon souffle en songeant que j'allais découvrir l'endroit le mieux gardé du manoir.

Tout à coup, la cabine a tressauté, et Bex et moi on s'est retrouvées projetées contre les portes. Puis elle a repris sa course, et on a eu l'impression de tomber en chute libre.

— Cammie, a commencé Bex. Est-ce que…

L'ascenseur a de nouveau stoppé.

— Contrôle d'ADN, s'il vous plaît, a ordonné une voix métallique.

Au même moment, une fente est apparue dans la paroi en métal. On avait juste la place d'y glisser un doigt ; j'y ai introduit le mien.

— Aïe ! ai-je crié.

Une aiguille venait de me percer la peau, et une petite goutte de sang perlait au bout de mon index. Puis l'aiguille a été remplacée par une autre.

— Pas question que je mette mon doigt là-dedans ! a décrété Bex en secouant la tête avec énergie.

Ça alors ! La fille qui s'était, paraît-il, battue en duel contre un trafiquant d'armes au Caire avait peur des aiguilles ! C'était un comble !

— Contrôle d'ADN, s'il vous plaît, a insisté la voix.

Bex s'est exécutée de mauvaise grâce.

Les portes se sont ouvertes, et j'ai enfin découvert le sous-sol numéro 2. Autant vous dire qu'il n'a rien à voir avec le sous-sol numéro 1…

Au sous-sol numéro 1, tout est ultramoderne et, chaque fois qu'on y avait cours, l'année dernière, on avait l'impression de se retrouver projetées dans le futur. Ici, le décor est tout autre.

Le parquet est en chêne massif, le plafond composé d'un puzzle de grosses pierres et de larges poutres, et les murs sont constitués d'un amas de calcaire et de terre.

Des filles au doigt piqué sont sorties d'autres ascenseurs. Trop occupées à examiner les lieux plongés dans la pénombre, elles n'ont pas tout de suite remarqué l'homme qui s'avançait vers nous.

— Bienvenue au sous-sol numéro 2, a lancé M. Solomon.

Puis il nous a fait signe de le suivre dans l'allée légèrement inclinée qui tournait comme une énorme spirale.

— Prenez garde, mesdemoiselles. C'est la première et la dernière fois que je vous sers de guide ici.

Le chemin débouchait sur une quantité de couloirs. Un vrai labyrinthe ! On a longé des ouvertures en forme d'arc de cercle, puis la pente est devenue un peu plus abrupte. Des portes s'alignaient, surmontées de panneaux indiquant « Entrepôt » et « Tentatives d'assassinat de Hitler ». J'avais toujours entendu parler des secrets que le manoir abritait, mais c'était la première fois que j'en avais la preuve.

On a marché comme ça pendant cinq minutes dans le froid et l'humidité. La température ne doit pas beaucoup varier ici, qu'on soit en plein mois d'août ou en hiver.

Enfin, Joe Solomon s'est arrêté. On venait de déboucher sur un sol en pierre.

Je me suis retournée vers le labyrinthe : je plaignais vraiment l'intrus qui serait assez fou pour pénétrer là-dedans ! Si le sous-sol numéro 2 ressemblait à ça, je n'imaginais même pas comment devait être le sous-sol numéro 3 !

— Voici la salle où vos cours d'opérations secrètes auront lieu dorénavant, a expliqué M. Solomon en pénétrant dans une pièce immense.

Des tables en bois étaient disposées en U, et on s'est toutes ruées vers les chaises installées devant.

— Quand on travaille dans les services de renseignements, on est amené à vivre des situations inédites.

Notre prof a saisi le dossier d'un siège pour s'y agripper sans s'y asseoir, comme à son habitude.

— Il faut pénétrer dans un monde qui n'est pas le nôtre. Et, surtout, arriver à en sortir.

Les images d'un hôtel et d'une gaine d'aération ont surgi dans mon esprit et, l'espace d'une seconde, j'ai de nouveau ressenti une douleur à la tête.

— Qu'est-ce qu'une exfiltration, mademoiselle Baxter ?

— Une opération qui consiste à transférer un agent secret d'un lieu vers un autre, a répliqué celle-ci.

— Correct, a dit notre professeur avant d'écrire la réponse de mon amie sur un vieux tableau noir. Quelle est l'autre caractéristique de cette opération, mademoiselle Fetterman ?

Le crissement de la craie a résonné dans la pièce et, avant qu'Anna ne puisse répondre, une voix a lancé :

— Bonne question !

Toutes les têtes se sont retournées vers tante Abby, qui a demandé, une main sur la hanche :

— Vous m'avez appelée, Joe ?

Je n'en croyais pas mes yeux. Ma tante draguait ouvertement M. Solomon ! Ce devait être la première Gallagher à oser faire ça.

— Agent Cameron, a commencé celui-ci, je suis ravi que vous ayez pu nous rejoindre. Je vous présente la classe des première.

— Bonjour, jeunes filles ! a lancé la nouvelle venue.

M. Solomon a laissé tomber sa craie avant de taper dans ses mains.

— J'ai pensé que votre point de vue sur le sujet des exfiltrations pourrait être particulièrement intéressant.

— Oh, monsieur Solomon, a répliqué Abby avec un sourire, vous, vous savez parler aux femmes !

Elle a longé les rangées de tables en U, examinant les murs et les bibliothèques, et j'ai soudain réalisé que, contrairement à moi, qui voyais ce décor pour la première fois, ma tante le redécouvrait.

— Comme je le disais, a repris notre professeur, ce genre d'opération est très délicat. Et…

— Surtout à Istanbul, l'a interrompu Abby.

M. Solomon a éclaté de rire. Depuis quand les espions faisaient-ils des *private jokes* ? Quoi qu'il en soit, je n'avais jamais vu notre professeur d'aussi bonne humeur. C'était comme si ma tante avait apporté un rayon de soleil dans l'espèce de caverne où on se trouvait.

La lumière s'est éteinte, et un vieux rétroprojecteur a diffusé un film sur le mur.

— Je suis sûr que ces images ne vous sont pas inconnues, a commenté M. Solomon.

Un frisson m'a parcouru la colonne vertébrale. Effectivement, elles ne m'étaient pas inconnues. Mais moi je ne m'étais pas contentée de les voir. Je les avais vécues.

La classe entière a retenu son souffle en visionnant le montage. Certaines séquences provenaient de reportages télévisés, d'autres de sources inconnues. De toute évidence, on avait droit à la version non censurée.

— Ce que vous avez sous les yeux, c'est une opération typique d'exfiltration en plein jour.

J'aurais pensé que, à un moment ou à un autre, M. Solomon me regarderait. Que ma tante me demanderait si j'allais bien. Mais personne ne semblait avoir conscience de mon supplice. Je n'aurais jamais imaginé devoir un jour revivre le moment le plus difficile de ma vie – encore moins dans une salle de classe !

— Heureusement, elle n'a pas fonctionné, a ajouté notre professeur.

C'est là que j'ai compris une chose. On n'était pas là pour analyser ce que Macey et moi on avait fait de bien. Parce qu'on n'était pas des agents secrets professionnels mais deux filles qui avaient eu de la chance, et que la chance n'a rien à voir avec les compétences.

De la poussière dansait devant le faisceau lumineux du projecteur. Personne ne m'a dit « Si c'est trop dur pour toi, tu peux partir, Cammie » ou « Mademoiselle Morgan, qu'avez-vous ressenti à cet instant ? ».

La scène était très différente, vue de l'extérieur, tandis que M. Solomon posait des questions et que mes camarades y répondaient. Pourtant, ma tête bourdonnait d'autres sons : le rotor qui tournait, les grognements et les coups de pied, le vent qui soufflait. Et, soudain, un détail m'est revenu en mémoire : le doigt pointé vers mon amie, une silhouette masquée, ignorant le fils d'un potentiel futur président, avait prononcé une phrase à laquelle je n'avais pas prêté attention jusqu'à présent.

Dans la pièce sombre, je suis presque sûre que seule ma tante m'a entendue la répéter :

— Emparez-vous d'elle.

CHAPITRE 10

Un espion emporte toujours un tas de choses avec lui – des prétendues preuves de sa fausse identité et des épingles à cheveux ou des appareils photo qui peuvent lui servir d'armes. Mais, les bagages les plus lourds, ce sont les secrets. Ils peuvent causer sa perte. Et ce jour-là, au sous-sol numéro 2, le mien était tellement pesant que j'avais peur qu'il ne me submerge.

À la fin du cours, quand la lumière s'est rallumée, presque toute la classe s'est pressée autour de ma tante pour l'écouter raconter comment elle avait exfiltré un ingénieur nucléaire à Taïwan pendant la mousson :

— Je lui ai dit : « Je vois bien que c'est un pousse-pousse. Et alors ? Pourquoi ne pourrait-il pas flotter ? »

Tina et Eva ont éclaté de rire, ce qui n'a sans doute pas empêché Abby de me voir quitter la salle du coin de l'œil.

— Attends-moi ! a lancé Bex.

J'étais bien trop occupée à réfléchir pour ralentir. L'indifférence de nos ravisseurs envers Preston me sautait aux yeux, maintenant.

— Quelle imbécile ! ai-je lancé.

— Pas du tout, t'as été géniale, a affirmé Bex.

À mon avis, il y a deux sortes de secrets : ceux que vous voulez garder pour vous et ceux que vous n'osez pas raconter.

En entrant dans l'ascenseur, j'aurais pu regarder Bex droit dans les yeux, baisser la voix et lui révéler le mien. Dans cette petite cabine, à plusieurs mètres sous terre, personne ne m'aurait entendue. Mais ni ma mère ni M. Solomon n'avaient parlé à Macey de ce détail – pas plus qu'à moi. C'est pour ça que j'ai su que mon secret appartenait à la seconde catégorie.

Quand on a débouché au rez-de-chaussée, des odeurs de cuisine se sont répandues jusqu'à nous en provenance du Grand Hall, vers lequel on s'est dirigées.

Je me suis assise à la table des première, les yeux toujours baissés, jusqu'à ce que j'entende Eva annoncer :

— Voilà le courrier.

Elle a laissé tomber une carte postale devant moi. J'ai immédiatement reconnu les souliers rouges du musée national d'Histoire américaine – l'endroit où Zach et moi on s'est rencontrés pour la première fois.

Apparemment, je ne rêvais pas. Zach était bien l'auteur de cette carte. Son écriture – celle que j'avais déjà vue sur le petit mot qu'il avait mis dans ma poche l'année précédente – en était la preuve.

« Fais attention », ai-je lu.

J'ai passé le reste de la semaine à essayer de parler en tête à tête avec tante Abby. En pure perte. Elle n'était jamais seule.

— Euh, Abby, est-ce qu'on pourrait… discuter ? ai-je demandé le lundi soir après le dîner.

Elle s'est dirigée vers la porte en souriant. Malheureusement, la moitié des seconde lui ont emboîté le pas.

— Bien sûr, petit monstre. Je vais juste montrer à ces jeunes filles comment on peut maîtriser un ennemi avec un tuyau d'arrosage. Tu veux venir voir ?

Quand je l'ai croisée dans l'entrée le mardi après-midi, je lui ai proposé :

— Est-ce que tu aurais le temps qu'on… passe un moment ensemble… ce soir ?

— Oh, désolée, Cammie, a-t-elle répliqué en escortant Macey à notre cours d'autodéfense. Je dois aider le docteur Fibs à concocter cette crème super-puissante capable de plonger n'importe qui dans le coma. J'ai appris à la fabriquer en Amazonie. On risque d'en avoir pour toute la nuit.

Partout où j'allais, j'entendais des questions du genre :

— Hé, Cammie, est-ce que ta tante t'a montré ce truc qu'elle a fait un jour au Portugal avec une épingle à cheveux ?

Ou bien :

— Il paraît que cinq agents secrets à la retraite ont demandé à assurer la protection de Macey, mais que le directeur adjoint de la CIA lui-même a tenu à ce qu'Abby s'en charge.

Le samedi, j'avais l'impression que la seule chose que ma tante ne raconterait pas était celle que je voulais vraiment entendre.

Et, le dimanche, il a commencé à pleuvoir.

J'ai emprunté les couloirs devenus sombres pour me diriger vers le bureau de ma mère. En passant devant l'alcôve du premier étage, je n'ai pu résister à l'envie d'écarter le rideau en velours rouge pour jeter un œil à l'extérieur.

Des nuages gris flottaient bas dans le ciel, même si les arbres de la forêt étaient encore couverts de feuilles vertes. Derrière nos murs élevés, pas une camionnette de télévision. Je commençais à penser que le pire était derrière nous quand un éclair a zébré le ciel. C'est là que j'ai compris que la tempête ne faisait que commencer.

— Cammie ! a appelé ma mère à travers la salle d'histoire.

Je me suis détournée de la vitre pour la rejoindre. Elle souriait comme si tout était normal – alors que visiblement rien ne l'était.

D'abord, parce que de la musique sortait de son bureau. À plein volume, et plutôt rythmée. Pas le genre que Mme Dabney nous passe en cours de culture générale.

Ensuite, parce que l'odeur de nourriture qui flottait autour de moi était presque appétissante, pour une fois. Les détecteurs de fumée – et de produits dangereux – me semblaient avoir été désamorcés, ce qui était plutôt bon signe.

En entrant dans la pièce, j'ai tout de suite compris en quoi ce dimanche soir n'était pas ordinaire.

— Salut, petit monstre ! Tu permets que je m'incruste ? (Ma tante m'a lancé un clin d'œil en saisissant une grappe de raisin dans un bol.) Il fallait que je voie comment ta mère s'y prend pour cuisiner.

Elle s'est avancée vers moi pour me faire tournoyer sur moi-même.

— Personne ne t'oblige à y goûter, s'est défendue ma mère.

Sans s'arrêter de danser, ma tante m'a murmuré à l'oreille :

— J'ai dans mon sac un antidote très efficace en cas d'intoxication alimentaire, au cas où.

Je n'ai pas pu m'empêcher d'éclater de rire. L'espace d'une seconde, je me suis sentie bien. En sécurité.

Tout était différent… et pourtant si familier. La danse, la musique. Les odeurs du fameux goulash de ma mère – le mot « fameux » n'étant pas à prendre dans le sens culinaire du terme, bien sûr. J'avais l'impression de vivre la vie de quelqu'un d'autre. Ou plutôt la mienne à l'époque où mon père était vivant.

Papa écoutait tout le temps de la musique. Lui et moi, on dansait souvent dans la cuisine.

Tout à coup, je n'ai plus eu envie de m'amuser. Je suis allée éteindre la radio.

— Oh, Cammie ! s'est exclamée ma tante avec un soupir. Regarde-toi ! Où est passée la petite fille insouciante ? Parce que, d'après ce que j'ai entendu dire, tu es devenue une vraie briseuse de cœurs… très douée pour enfreindre le règlement, qui plus est. (Elle a haussé les sourcils.) Franchement, en tant que tante, je ne sais pas ce dont je suis le plus fière.

— Abigail, est intervenue ma mère, je ne pense pas que le Secret Service apprécierait que tu encourages nos élèves à faire fi de nos règles, en particulier en ce moment.

— Et moi, je pense que la directrice de la Gallagher Academy devrait se rappeler qu'un espion en mission est obligé de les contourner, en général.

— Et je crois aussi, a poursuivi ma mère, que le Secret Service ne serait pas très content d'apprendre que tu as montré aux quatrième comment fabriquer du chloroforme à partir d'un quartier de citron.

— Et moi, j'ai eu du mal à croire que personne ne le leur ait jamais appris.

— Cette technique est interdite depuis 1982 !

— Joe a dit…

— Je me fiche de ce que Joe a dit, a rétorqué ma mère d'un ton furieux, cette fois. Abigail, s'il y a des règles, c'est pour assurer la sécurité des gens, a-t-elle ajouté, la voix tremblante. Mais tu as peut-être oublié.

Je n'avais jamais vu tante Abby afficher une expression pareille. Elle semblait partagée entre les larmes et la colère. Et, tandis que la tempête faisait rage dehors, je me suis demandé si une de nous trois aurait de nouveau le cœur à danser un jour.

— Rachel, je…

— Emparez-vous d'elle.

Je ne sais pas pourquoi je venais de lâcher ça.

Ma mère s'est approchée de moi. Abby a reculé d'un pas.

— Qu'est-ce que tu as dit, Cammie ? a demandé ma mère.

Mais, de toute évidence, elle avait très bien entendu.

Je me suis laissée tomber dans le canapé. Ma mère s'est avancée un peu plus vers moi, et tante Abby, derrière elle, a secoué la tête de manière imperceptible, comme pour la mettre en garde.

— Je me suis rappelé quelque chose… au sujet de Boston. Quand j'ai mis Preston à l'abri sur cette espèce de nacelle dont se servent les laveurs de vitres, les gens qui nous ont attaqués… avaient l'air de s'en fiche.

Ma mère s'est dirigée tout doucement vers la table basse, comme si elle avait peur de me réveiller pendant que je faisais un cauchemar.

— Ils ont dit « Emparez-vous d'elle », ai-je ajouté.

— Cammie… a commencé ma mère.

Des images sont passées devant mes yeux : une porte en métal, un hélicoptère noir et, pour finir, un papier blanc qui voltigeait vers le sol.

— Le programme de Preston, ai-je murmuré, cette fois en regardant ma tante. Preston n'était pas censé être là, pas vrai ?

Ma mère a ouvert la bouche, mais tante Abby, qui est venue s'asseoir à côté de moi, ne lui a pas laissé le temps de répliquer quoi que ce soit.

— Non, a-t-elle dit.

— C'est vrai, ma chérie, a reconnu ma mère. Preston n'était pas censé se trouver là. On peut donc supposer que ce n'était pas lui la cible des kidnappeurs.

Mon cœur s'est mis à battre à tout rompre quand j'ai demandé :

— Qui étaient ces gens ?

— Trois cents groupes ont revendiqué l'attaque, ce qui signifie que deux cent quatre-vingt-dix-neuf d'entre eux mentent.

— La bague, ai-je soufflé. Je vous ai dessiné un schéma de cette bague. Est-ce que vous… ?

— Nous sommes en train de l'examiner, a répondu ma mère.

Je me suis mordu la lèvre.

— Pourquoi Macey ? ai-je lâché en me tournant vers elle.

— C'est la fille de gens très puissants. Et les gens très puissants ont des ennemis très puissants.

Il me restait une question à poser – celle qui me terrifiait le plus :

— Est-ce qu'elle est vraiment en sécurité ici ?

Ma mère et ma tante se sont regardées d'un air hésitant.

— Les agents du Secret Service connaissent leur métier, Cammie, a expliqué ma mère. Et ta tante encore mieux.

Après tout, j'avais peut-être tort de m'inquiéter. À la Gallagher Academy, les mesures de sécurité sont draconiennes. Bien sûr que Macey ne risquait rien ici.

— C'est vrai que notre école est la mieux gardée au monde, ai-je consenti. Et Macey ne compte pas en sortir, pas vrai ?

Abby m'a rendu mon sourire.

— Eh bien, Cammie… a-t-elle répliqué. Tu es déjà allée à Cleveland ?

CHAPITRE 11

L'Ohio est un État où on se rend massivement aux urnes. Même si beaucoup de femmes ne savaient pas encore à qui elles allaient donner leur voix, elles étaient sûres d'une chose : Macey McHenry était une fille très courageuse, puisqu'elle était arrivée à survivre à l'attaque de Boston. Et, de ce fait, elle méritait qu'on vote pour son père.

Elle serait donc présente à Cleveland, accompagnée de quatorze agents du Secret Service et d'au moins trente membres de l'équipe de campagne de son père. Mais d'un certain point de vue elle serait seule, étant donné qu'elle partait sans nous.

Le lundi matin, Macey s'est levée à 5 heures. On l'a toutes les trois accompagnée jusqu'au Grand Hall, où flottait déjà une odeur de petits pains à la cannelle. Dehors, le soleil commençait à se lever et, par la fenêtre, on apercevait des gardes inspecter les bois, au loin.

Liz portait toujours son pyjama $E = mc^2$, et les cheveux de Bex faisaient des épis, mais ça n'avait pas d'importance. On avait tenu à escorter notre amie pour l'amener à tante Abby.

Celle-ci avait enfilé un tailleur gris foncé sur une chemise blanche, et un petit micro était attaché à son col. Elle paraissait tout à fait crédible dans son rôle de garde du corps.

Une fois Macey partie, la matinée est passée sans que je puisse songer à autre chose qu'à elle – même le cours de M. Smith sur les catacombes romaines n'a pas réussi à me distraire.

D'ailleurs, j'avais l'impression que tout le monde lisait dans mes pensées. Parce que mes camarades n'ont pas cessé d'exprimer tout haut ce que j'avais en tête :

— Elle doit être arrivée là-bas, maintenant, a déclaré Tina à la fin du petit déjeuner.

— Macey a trop de chance ! a fait remarquer Eva. Elle va pouvoir observer les agents du Secret Service à l'œuvre !

— Elle a de la veine d'avoir Abby comme garde du corps, a commenté Liz en descendant l'escalier principal.

— Oui, parce que Abby déchire ! est intervenue Bex, tandis qu'elle et moi on quittait Liz pour se diriger vers l'ascenseur qui menait au sous-sol numéro 2.

Même si je savais que Macey bénéficiait de la meilleure protection possible, quelque chose me disait que cette journée-là ne serait pas de tout repos. Ni pour elle, ni pour sa garde rapprochée… ni pour aucune de nous, d'ailleurs.

C'est en tout cas ce que j'ai réalisé en voyant M. Solomon nous accueillir à l'entrée du sous-sol numéro 2 avec une pile de tee-shirts portant le slogan des Winters et des McHenry.

— En route, jeunes filles ! a-t-il lancé.

C'était la troisième fois que je me retrouvais dans un hélicoptère avec notre prof d'opérations secrètes. La première, j'avais les yeux bandés. La deuxième, je venais de découvrir l'existence d'une école d'espionnage pour garçons. Mais, cette fois-ci, c'était encore plus stressant.

— À quoi est exposée une personne placée sous haute protection ? a demandé M. Solomon.

— Aux tirs de longue portée, aux tirs de courte portée, aux attentats-suicides… a répondu Bex.

— Oui, mais ce n'est pas tout.

— Parfois, le danger peut venir de son entourage, ai-je murmuré si bas que j'ai cru un instant que personne ne m'avait entendue, au milieu du bruit du rotor et du vent.

— Exact, a approuvé notre professeur. Et c'est bien évidemment la menace la plus inquiétante.

Est-ce qu'il faisait allusion à ce qui s'était passé à Boston ? Est-ce qu'il sous-entendait que quelqu'un, parmi les proches des McHenry, aurait pu être derrière la tentative d'enlèvement de Macey ?

— Aujourd'hui, vous allez voir des agents expérimentés en pleine action.

Quel genre de test nous préparait M. Solomon ? Bex devait se poser la même question, parce qu'elle a demandé :

— En quoi consistera notre mission ?

— C'est une mission difficile, nous a prévenues notre professeur avec un sourire. Il faudra vous contenter de regarder, d'écouter et d'apprendre.

Je n'aurais jamais cru que ce serait aussi difficile de ne rien faire.

C'est une chose de larguer un groupe d'apprenties espionnes dans une foule de milliers de gens en leur demandant de repérer une éventuelle menace. C'en est une autre de les équiper d'oreillettes réglées sur la même fréquence que celle des agents du Secret Service – sans que ceux-ci soient au courant, bien sûr – et de leur dire de s'asseoir pour profiter du spectacle.

Parce que je n'ai jamais aimé que les autres mettent du sirop sur mes gaufres à ma place. Alors, laisser quelqu'un assurer la sécurité de Macey…

Pour couronner le tout, le jean qu'on m'avait donné était trop petit pour moi. Quant à mes cheveux… Bex est bien la seule fille que je connaisse à avoir une coiffure impeccable, ou presque, après un tour en hélico.

Malgré tout, il fallait que je me concentre sur ma mission. Alors, j'ai scruté la foule avant de me fondre dedans.

COMMENT DEVENIR UN CAMÉLÉON
PAR CAMERON ANN MORGAN

1. Essayer de paraître parfaitement à l'aise, quels que soient l'endroit et les circonstances.
2. Quand c'est trop difficile, faire mine de se diriger vers quelqu'un qu'on connaît.
3. Éviter de bouger (sauf dans le cas numéro 2). On repère davantage les points mouvants. En cas de doute, il faut se figer.
4. Ne pas porter de tenues flashy, à la mode, moches ou carrément vulgaires.
5. Ne pas se cacher. Seuls les amateurs font ça.

— Ouah ! s'est exclamée Bex dix minutes plus tard.

On s'était retrouvées devant une grande allée bordée de pelouses et de bâtiments historiques. Ceux-ci s'étendaient sur deux pâtés de maisons, jusqu'à une scène derrière laquelle des gradins avaient été installés. La moitié de l'Ohio semblait s'être donné rendez-vous pour acclamer Macey.

Une voix, dans les haut-parleurs, encourageait les gens assis sur les gradins à scander le nom des Winters et ceux qui occupaient la pelouse à crier celui des McHenry.

— Est-ce que les hommes politiques de ce pays sont tous aussi fous ? a murmuré Bex.

Je me suis contentée d'acquiescer en me frayant un chemin à travers la foule.

Une grande bannière où on pouvait lire « Votez pour une Amérique en marche ! » entourait la scène. J'ai fait volte-face vers l'allée entourée de barrières derrière lesquelles se pressait une masse de gens. Un énorme bus venait de s'arrêter à l'autre bout. La porte s'est ouverte. Tandis qu'une fanfare se mettait à jouer, le gouverneur Winters et le sénateur McHenry sont descendus du véhicule pour s'engager dans l'allée en serrant des mains dans la foule qui les acclamait.

Dans mon oreillette, j'entendais un tas de voix inconnues.

— Monsieur, pouvez-vous sortir les mains de vos poches, s'il vous plaît ? a demandé un agent du Secret Service à un homme derrière moi.

— Équipe Delta, j'ai repéré un type bizarre sur les marches de la bibliothèque.

Mes camarades de classe devaient avoir eu le même réflexe que moi : observer du coin de l'œil l'individu vêtu d'un imperméable qui s'approchait d'un autre, en chemise à carreaux, pour lui bloquer la vue pendant que les candidats passaient à quelques mètres.

Tout à coup, j'ai vu le fils du candidat à la présidentielle aller embrasser un groupe de femmes sous les caméras de CNN, qui diffusaient la scène en direct. Celles-ci agitaient en effet un panneau portant la mention « Vivent Macey et Preston ».

La fille du sénateur McHenry, elle, se contentait de brandir la main de son père en souriant. Ce n'était pas son genre de courir partout comme une hystérique.

— Mesdemoiselles, a commencé M. Solomon d'un ton solennel dans mon oreillette. Quand on est en mission, on n'a pas droit à l'erreur. Il suffit d'une fois pour que vos ennemis en profitent. J'ignore si certaines d'entre vous envisagent d'entrer un jour dans le Secret Service. Mais, aujourd'hui, la mission de ces gardes du corps illustre assez bien ce à quoi peut ressembler leur pire cauchemar.

Je suis quasi certaine que Bex n'avait qu'une envie en ce moment : s'engouffrer dans la première voiture blindée et rentrer à Roseville aussi vite que possible. Mais ça n'arriverait pas, parce qu'elle n'allait pas prendre le risque 1) de se faire tirer dessus par les agents du Secret Service, 2) d'entendre les journalistes de CNN lui poser des questions embarrassantes au cas où elle arriverait à neutraliser les gardes du corps du sénateur McHenry de deux coups de pied bien placés, 3) d'écouter notre prof lui rappeler que ce n'est pas comme ça qu'elle récolterait une bonne note.

— Étant donné la force et la direction du vent, a repris M. Solomon, d'où pourraient venir d'éventuels tirs, mademoiselle Morrison ?

Bex et moi, on a chuchoté, pile en même temps que Mick :

— Du clocher de l'église.

— Quatre membres du Secret Service se sont fondus dans la foule, mademoiselle Fetterman. Les avez-vous reconnus ?

— Euh… a répliqué Anna, pendant que tante Abby et Macey passaient devant nous, de l'autre côté de la rue. Il s'agit de l'homme au sac à dos rouge. De la femme au bandana bleu. Du type qui porte le tee-shirt jaune et… euh…

— Quelqu'un connaît la réponse ?

— De l'homme à la barbe rousse, ai-je répliqué.

— Comment le savez-vous ?

— À cause des parasites qu'on a tous entendus dans nos oreillettes il y a deux minutes. Il a tressailli juste à ce moment.

Je suis presque sûre que M. Solomon a souri, dans la foule.

Avant ce jour-là, je m'étais toujours demandé comment les agents du Secret Service faisaient pour écouter les mêmes discours politiques du matin au soir. Mais, à présent, je sais qu'ils n'en entendent pas un mot.

— Équipe Bêta, il y a du monde au niveau 2. Je répète : il y a du monde au niveau 2, a indiqué l'un d'entre eux.

— Équipe Charlie, des allées et venues suspectes ont lieu devant la Banque nationale, a lancé un autre individu.

La seconde d'après, tous les stores du troisième étage du bâtiment en question étaient baissés.

— Le Paon se dirige vers la tribune, a prévenu une voix que je reconnaissais, cette fois.

— C'est tante Abby, ai-je soufflé à Bex.

— Qui c'est, le Paon ? a-t-elle demandé.

Sur l'estrade, le sénateur élevait une main pour déclarer :

— Je n'ai pas besoin de vous dire à quel point la famille est importante pour moi.

Les sympathisants ont applaudi pendant de longues minutes jusqu'à ce que Macey vienne se placer devant le micro. Un grand silence a suivi.

— Je suis très contente d'être là, a-t-elle commencé d'un air un peu hébété.

Puis j'ai eu l'impression que son regard se posait sur Bex et moi. Une lueur est passée dans ses yeux quand elle a ajouté :

— Avec ma famille.

Le sénateur McHenry a passé un bras autour des épaules de sa femme, et je n'ai pas pu m'empêcher de penser aux recommandations de la dame au porte-bloc concernant les marques d'affection « spontanées ».

— Ce que je voudrais dire, a ajouté Macey d'une voix plus ferme, c'est que rien n'est impossible quand on se serre les coudes. Rien n'est impossible quand on le veut. J'ai appris ça des personnes qui m'aiment. Les personnes qui connaissent la vraie Macey.

Cette fois, j'en étais convaincue, elle nous regardait bel et bien.

— Mademoiselle Baxter.

La voix de M. Solomon nous ramenait à notre mission.

— Il y a un homme vêtu d'une veste en jean à quelques mètres derrière vous. Prenez ses empreintes digitales sans qu'il s'en aperçoive.

Bex est aussitôt allée remplir son devoir.

Quelques minutes plus tard, Macey a descendu les marches, à droite de la tribune, pour s'engouffrer dans une ouverture sous les gradins. Dès qu'elle a disparu, la voix de ma tante a annoncé :

— Le Paon est en sécurité dans la tente jaune.

Pour la première fois de la journée, j'ai pu enfin respirer.

Les yeux étaient toujours braqués sur la scène quand le gouverneur Winters a lancé :

— L'opposition a eu quatre ans pour parler, mais maintenant il est temps d'agir !

Un tonnerre d'applaudissements a ponctué ses paroles. Tous ces gens me faisaient penser à des marionnettes : il suffisait que le gouverneur ouvre la bouche pour qu'ils réagissent comme il l'entendait.

Mais moi, j'étais trop occupée à réfléchir pour applaudir. Les paroles de M. Solomon dans l'hélicoptère m'étaient revenues en mémoire : « Un garde du corps doit faire preuve à dix pour cent de méthode, et à quatre-vingt-dix d'instinct. »

Justement, mon instinct me disait de me retourner. Pendant que le sénateur et le gouverneur saluaient de nouveau la foule – qui dansait maintenant au son de la fanfare –, une silhouette s'est détachée du groupe. Elle a filé en douce… vers les gradins déserts et la tente jaune.

Le coin d'une bannière s'est soulevé sous le vent, fouettant un des piliers en acier avec un bruit mat que j'ai été la seule, probablement, à entendre. Une brèche est apparue, vers laquelle l'individu s'est dirigé pour s'y engouffrer, aussi discret qu'un caméléon.

— Non ! me suis-je exclamée.

Mais mon cri s'est perdu au milieu de la musique, des acclamations des spectateurs et des indications des agents qui sécurisaient les barrières.

Je me suis aussitôt faufilée dans l'ouverture, où traînaient des détritus et un amas de fils électriques.

Il faisait vraiment noir, là-dedans. Pas un rayon de soleil n'y filtrait. Et le silence était presque complet. Un souffle d'air a fait voler des confettis rouges, blancs et bleus sous mes pieds, tandis que j'entendais vaguement la fanfare jouer et la foule applaudir au-dehors.

Soudain, j'ai senti une présence derrière moi. Une main a agrippé mon épaule. Je l'ai aussitôt saisie. L'instant d'après, mon assaillant basculait au-dessus de ma tête pour s'écraser sur un ballon avec un *clac* !

Quand j'ai découvert le visage de l'individu étendu à mes pieds, je suis restée sans voix.

— Salut, Gallagher Girl ! a-t-il lancé.

CHAPITRE 12

Zach me regardait, allongé sur le dos dans l'ombre des gradins, immobilisé sous mon poids.

Cette fois, je ne rêvais pas. Mes hormones ne m'induisaient pas en erreur.

Zach était bien devant moi…

— Bon, Gallagher Girl, a-t-il dit après une éternité, tu vas me laisser me relever ?

Je n'en avais aucune intention parce que A), pour une fois que j'étais en situation de supériorité face à un garçon – un élève de Blackthorne, en plus –, je comptais bien en profiter, B), si je le libérais, j'avais pas mal de chances de me retrouver projetée en l'air comme une poupée de chiffon.

Je me suis penchée vers lui.

— Qu'est-ce que tu fabriques ici ?

Au lieu de me répondre tout de suite, il a fait ce qu'il fait toujours. Il a planté ses yeux dans les miens et m'a regardée avec intensité, comme s'il cherchait à communiquer par télépathie.

Puis il m'a adressé un petit sourire en coin et a répliqué :

— La politique m'a toujours beaucoup intéressé.

Je me suis redressée d'un bond, chancelant sur mes pieds.

— Tu n'as pas le droit de vote.

— Ça ne m'empêche pas de venir soutenir mon candidat préféré.

Il a pointé le doigt vers sa veste, où un macaron barré de l'inscription *Winters-McHenry* était épinglé.

J'avais imaginé tous les détails de cette rencontre un millier de fois. Eh bien, je peux vous dire une chose : je n'aurais jamais cru qu'à ce moment-là je porterais un jean inconfortable et un tee-shirt deux fois trop grand ! Et j'étais très loin de paraître à la fois intéressante et indifférente, belle et drôle – comme j'aurais aimé que Zach me perçoive – quand j'ai murmuré :

— Ça fait une trotte depuis Blackthorne !

— C'est vrai. Mais j'ai appris que Macey McHenry allait apparaître en public ici… (Il s'est levé, puis s'est approché de moi pour ôter un confetti coincé dans mes cheveux.) Et où il y a une Gallagher, il y en a d'autres, en général.

Il m'a adressé un grand sourire, et j'ai failli pousser un cri de joie, tout excitée par ce qu'il semblait sous-entendre.

— Sans doute, ai-je répliqué en essayant de garder mon calme.

Zach était là ! Parce qu'il savait que Macey viendrait ! Et parce qu'il se doutait que je serais avec elle !

Il faudrait que je suggère à Liz de modifier son dictionnaire capable de traduire le langage masculin. Parce que je venais d'apprendre un truc : ce que racontent les garçons peut avoir plusieurs interprétations.

Était-il possible que Zachary Goode se soit échappé de son lycée d'espions rien que pour me voir ? Ouah !

Décidément, les garçons resteraient toujours un mystère pour moi. Surtout celui-ci.

À l'extérieur, des applaudissements ont entrecoupé le discours du gouverneur. Mais moi, j'avais l'impression d'être sur une autre planète.

— J'aurais cru que tu éviterais les passages secrets et les vide-linge, a repris Zach, mais j'imagine que…

Il s'est interrompu pour suivre du bout du doigt les contours du bleu qui commençait à disparaître sur mon front. J'ai frissonné.

Et puis quelque chose m'a interpellée.

— Comment tu sais pour le vide-linge ?

Zach a pris une grande inspiration avant de sourire.

— Je suis un espion, t'as oublié ?

Dans mon oreillette, une voix a soufflé :

— Caméléon, je sais que c'est le but de te fondre dans le décor, mais si tu pouvais me faire un petit signe pour m'indiquer ta position ou me dire où t'es…

— Je suis sous les gradins.

— C'est Bex ? a demandé Zach.

— Oui.

— Alors t'as amené du renfort ? Les autres sont là ? M. Solomon aussi ?

— Bien sûr que oui !

Tout à coup, j'ai entendu quelqu'un indiquer :

— Équipe Alpha, il y a du mouvement sous les gradins.

J'ai aussitôt scruté la pénombre.

— Zach, il y a des gens sous…

Puis j'ai réalisé qu'on parlait de nous.

— Vous ! a lancé un des agents du Secret Service.

Quand je me suis retournée vers lui, sa main, qui se dirigeait vers son arme, s'est arrêtée net. Il a esquissé un sourire et, pour la première fois, je me suis rendu compte qu'avoir seize ans possède parfois des avantages.

— Mademoiselle, cet endroit est interdit au public. Je vais vous demander de regagner la zone située derrière les barrières.

— Oh mon Dieu ! ai-je commencé en prenant l'air aussi cruche que possible. J'avais une envie pressante, alors on a…

— On ? a répété l'agent, de nouveau sur la défensive.

Il a observé les alentours, tandis que des hommes vêtus de noir surgissaient de tous les côtés et que mon oreillette bourdonnait de directives.

— J'étais… ai-je repris avant de jeter des regards autour de moi.

Zach s'était volatilisé.

CHAPITRE 13

— C'est exact, on cherchait les toilettes, a expliqué quelqu'un derrière les gardes du corps qui m'encerclaient.

Les agents du Secret Service ont tous fait profil bas en voyant Macey McHenry.

— Ça vous pose un problème ? a-t-elle continué de son air de snobinarde.

Abby a surgi à côté de Macey.

— Merci, a-t-elle lancé aux hommes de la sécurité. Je vais prendre la relève.

Pendant qu'ils se dispersaient, ma tante m'a saisi le bras pour m'emmener à l'extérieur.

— Je vais le dire à ta mère, a-t-elle chantonné.

— Désolée, tante Abby. C'est juste que… j'avais vu quelque chose.

Elle a secoué la tête en répliquant :

— Je ne veux pas savoir comment tu t'es retrouvée là.

Puis elle s'est dirigée vers des agents qui surveillaient une file de grosses voitures noires.

— Macey, tu ne devineras jamais qui je viens de… ai-je commencé.

— Hé, mais je te connais, toi !

J'ai aussitôt identifié la voix qui venait de m'interrompre. Et surtout, j'ai reconnu l'expression dégoûtée de mon amie quand Preston est apparu.

Macey a aussitôt rétorqué :

— T'aurais pas un bébé à embrasser, par hasard ?

— C'est Cammie, n'est-ce pas ? m'a-t-il demandé en faisant mine de ne pas entendre ses paroles. Macey ne m'avait pas dit que tu serais là.

— Oui, je voulais absolument voir comment se déroule un meeting…

— Non mais, sérieux, va embrasser un bébé, a répété mon amie à l'intention de Preston.

— Tu en pinces vraiment pour moi, ma parole ! a répliqué celui-ci. Chaque fois que tu me vois, tu m'appelles « bébé » et tu me parles de « bisous ».

Macey avait l'air de vouloir le tuer – alors que moi j'avais plutôt envie de rire.

D'ailleurs, je trouvais Preston presque mignon, à ce moment-là. Enfin… je dis bien presque. Et puis, Macey et lui ont pas mal de points communs, finalement. Par exemple, ils détestent tous les deux devoir participer à la campagne de leur père. Et, quand on se découvre les mêmes ennemis, on finit par devenir alliés…

Le Secret Service se préparait maintenant à escorter les candidats jusqu'au bus. Mais Preston ne semblait pas y faire attention. Il s'est penché vers moi en disant :

— Je suis vraiment content de t'avoir revue.

Mon Dieu ! Était-il possible que *deux* garçons me draguent en l'espace de dix minutes ?

Puis j'ai compris qu'il ne me draguait pas. C'était mille fois pire.

Parce que, tandis que des avions militaires défilaient au-dessus de nos têtes, Preston m'a regardée avec intensité, comme s'il me perçait à jour.

— Je voulais te remercier, pour Boston, a-t-il murmuré. J'ai été vraiment… impressionné, tu sais.

— Il n'y a vraiment pas de quoi, ai-je lâché en essayant de dissimuler ma panique.

Macey est venue à ma rescousse :

— Oh, c'est la routine, pour Cammie. Cette fille est une vraie scout !

— C'est possible, a repris Preston. Mais tu ne t'es pas mal débrouillée non plus…

Macey m'a lancé un coup d'œil. Aucune de nous ne voulait imaginer ce qui arriverait si le fils du futur président réfléchissait trop longtemps à ce qui s'était passé sur le toit.

— Vous avait fait preuve d'un self-control vraiment… étonnant, a-t-il insisté.

— Tu sais, Macey, j'ai adoré ton discours ! ai-je lancé pour essayer de changer de sujet.

— Ils étaient combien ? a continué Preston sans s'occuper de moi, le regard dans le vide. Dix types, peut-être ?

— Deux hommes et une femme, a-t-on corrigé d'une seule voix, mon amie et moi.

— Et vous, vous êtes… des filles ! s'est-il exclamé en nous dévisageant, comme s'il n'avait jamais remarqué ce détail.

— Quel sens de l'observation ! s'est moquée Macey avant de me saisir le bras pour m'entraîner.

— Et pourtant, vous avez réussi à avoir le dessus sur une dizaine de…

— Ils n'étaient que trois ! a répété Macey.

— … types, a achevé Preston.

Il s'est placé devant nous, bien décidé à nous bloquer le passage. On aurait pu l'envoyer rouler par terre d'un seul geste. Mais ce n'était pas le moment de l'impressionner davantage avec nos performances de super-espionnes.

Il a planté son regard dans celui de Macey.

— Tu ne dois pas peser bien lourd…

— Bon ! ai-je répliqué, à bout de patience. Il n'y a vraiment pas de quoi en faire un plat… C'était une question de vie ou de mort. Et, dans ce genre de situation, on donne tout ce qu'on a.

— Peut-être… mais d'où sortez-vous ces prises incroyables ?

— Ma mère a voulu que je prenne des cours d'autodéfense.

— Oui, enfin… a répliqué Preston en ajustant le nœud de sa cravate, je reste persuadé qu'on vous apprend des trucs très spéciaux dans votre lycée.

Macey et moi, on a échangé un regard. Ça n'allait pas être facile de se débarrasser de lui. À moins de le tuer…

Tout à coup, il a éclaté de rire.

Et on a enfin pu respirer.

— En fait, je suis vraiment content d'avoir discuté de ça avec vous, a-t-il conclu.

— Monsieur Winters ! a appelé un des agents de la sécurité. Nous devons y aller.

Son équipe de gardes du corps l'a aussitôt entouré pour l'entraîner vers son bus.

— Il est presque… sympa, finalement, ai-je murmuré tandis qu'il s'éloignait.

— Cammie, depuis le temps, tu devrais avoir compris que les apparences sont souvent trompeuses, a rétorqué Macey.

Le Secret Service l'a emmenée à son tour, et je l'ai regardée rejoindre ses parents en saluant la foule à grand renfort de sourires.

Puis une voix dans mon oreillette m'a informée qu'il était temps de partir.

CHAPITRE 14

Il nous a fallu exactement cent soixante-douze minutes pour rentrer au manoir. C'est long, mais ce n'est rien comparé au temps que les choses prendront pour revenir à la normale. À vrai dire, je désespère que ça arrive un jour.

À peine étions-nous rentrées que M. Solomon nous a emmenées au sous-sol numéro 2 pour visionner les enregistrements de la journée et répondre à un QCM – auquel, soit dit en passant, j'ai obtenu quatre-vingt-dix-huit pour cent de bonnes réponses.

Quand on est remontées au rez-de-chaussée pour le déjeuner, où les coups de fourchette et les tintements de verre résonnaient déjà, j'avais l'estomac noué. Et ça ne s'est pas arrangé lorsque j'ai vu Macey gravir les escaliers.

— Macey ! ai-je crié en courant derrière elle.

Bex et Liz m'ont aussitôt emboîté le pas.

— Qu'est-ce qui se passe ?

— Macey ! ai-je de nouveau appelé.

Après l'avoir rattrapée en haut des marches, j'ai constaté qu'elle s'était débarrassée de sa veste et de son foulard. Il ne lui restait plus que le chemisier en soie et le collier de perles de son déguisement.

— T'es là ! ai-je dit.

— Bien vu, a-t-elle ironisé d'un ton fatigué. Alors, qu'est-ce qui s'est passé tout à l'heure ? T'avais l'air complètement chamboulée.

Elle a repris sa course.

— Attends, est intervenue Bex. Vous vous êtes vues ?

— Oui, ai-je répliqué. J'allais vous en parler mais... je n'en ai pas eu le temps... Et puis... ce n'est pas quelque chose que vous pouvez... Enfin... je ne savais pas comment...

— Cammie, m'a lancé Bex, les bras croisés.

Elle me dévisageait d'un air de dire : « Toi, t'as des explications à nous donner. » Et, quand elle prend cette expression-là, elle fiche presque la trouille. J'avais plutôt intérêt à cracher le morceau.

— J'ai vu quelque chose, ai-je avoué. Ou plutôt quelqu'un.

Les jours commençaient à s'écourter, et les couloirs à devenir sombres. C'en était fini de l'été. Et c'est peut-être pour ça que j'ai frissonné en murmurant :

— Zach.

Temps qu'il m'a fallu pour raconter toute l'histoire : 32 minutes et 47 secondes.

Temps qu'il m'aurait fallu pour raconter toute l'histoire sans être constamment interrompue : 2 minutes et 46 secondes.

Nombre de fois où Liz a crié « Pas possible ! » : 33.

Nombre de fois où Bex m'a envoyé son regard qui signifie « T'aurais quand même pu me prévenir, histoire que je participe moi aussi » : 9.

— Mais qu'est-ce qu'il fichait là ? a demandé Liz pour la septième fois.

— J'en sais rien. J'ai juste eu le temps de le voir filer en dehors du périmètre de sécurité, de l'envoyer mordre la poussière et de…

— Et de plonger les yeux dans les siens ? a deviné Liz.

— Peut-être que les élèves de Blackthorne étaient en mission eux aussi ? a suggéré Bex.

— Peut-être.

Pourtant, je n'en étais pas convaincue. La carte postale mystérieuse m'est revenue en tête, de même que la façon dont il m'avait regardée.

— Mais… il y avait quelque chose de changé en lui.

— Qu'est-ce que t'entends par là ? a voulu savoir Bex.

J'ignorais ce qui était le plus effrayant : qu'il y ait eu une faille dans la sécurité, ou que Zach ait réussi à passer à travers les mailles du filet.

— Il avait l'air… préoccupé, ai-je expliqué.

— Il voulait sans doute juste te protéger ! a suggéré Liz.

— Je n'ai pas besoin d'être protégée.

— C'est l'intention qui compte, a-t-elle répliqué en haussant les épaules.

— À mon avis, il y a une autre explication, est intervenue Bex avec un petit sourire en coin. Il est peut-être allé sous les gradins pour que tu le rejoignes…

Elle m'a dévisagée un moment. Puis Liz a cru bon d'ajouter :

— Et que vous vous retrouviez tout seuls.

Bon, je ne voudrais pas paraître prétentieuse. Ou naïve. Mais je dois bien avouer que cette hypothèse m'avait trotté dans la tête toute la journée. Après tout, n'importe quelle fille aurait eu ce raisonnement. Et en tant qu'espionne, j'aurais été soulagée de constater qu'il n'était pas un traître.

— Non, c'est impossible, ai-je pourtant lâché. Il n'aurait pas fait tout ce chemin ni enfreint les règles de sécurité juste pour me voir. (Je me suis tournée vers Macey, notre spécialiste de la question masculine.) Pas vrai ?

— C'est pas le moment de me demander ça, a-t-elle rétorqué, tenant à la main un escarpin, sa veste et un macaron de campagne. J'ai moi-même un gros problème de mec à régler.

Macey McHenry avait un problème avec un garçon ? Je n'en croyais pas mes oreilles et, apparemment, je n'étais pas la seule.

— Un problème… de mec… toi ? a bafouillé Liz.

Macey a levé les yeux au ciel.

— Pas le genre de problème auquel tu penses, a-t-elle précisé. Mon problème, c'est Preston.

— Oh, je vois, a répliqué Liz d'un air d'entremetteuse. Il est plutôt mignon. Et puis, c'est pas n'importe qui. D'ailleurs, j'ai lu cet article dans…

— C'est un pauvre type.

— Mais vous avez plein de points communs, a protesté Liz.

Macey l'a foudroyée du regard.

— Enfin… sauf que toi, t'es pas une pauvre fille. Bref, c'est quoi le problème ?

— Le problème, c'est qu'on a réussi à échapper à une tentative d'enlèvement et que Preston n'est pas près de nous lâcher avec cette histoire, ai-je lancé.

— Exactement ! a commenté Macey. Parce qu'il a été hyper-impressionné par notre contre-attaque.

Si vous voulez mon avis, il y a trois catégories de garçons avec qui c'est très compliqué d'avoir une relation normale :

A) Ceux qui tiennent à devenir votre petit ami.

B) Ceux qui cherchent à vous tuer.

C) Ceux qui veulent absolument savoir d'où vous viennent vos techniques d'autodéfense.

Et, comme par hasard, deux des garçons qu'on avait croisés ce jour-là avaient sans doute une ou deux de ces choses à l'esprit !

— Dans le bus du retour, Preston a continué à me bombarder de questions, a expliqué Macey.

— Pourquoi tu n'as pas employé la manière forte pour le faire taire ? a voulu savoir Bex.

— Crois-moi, ce n'est pas l'envie qui m'a manqué.

On est restées quelques secondes silencieuses avant que Macey demande, les yeux fixés sur Bex :

— Pourquoi tu souris ?

— Pour rien. J'étais juste en train de penser que…

Elle s'est interrompue un instant, et j'ai retenu mon souffle jusqu'à ce qu'elle trouve ses mots.

— Je pensais juste à la tête que vos kidnappeurs avaient dû faire. Ils venaient enlever une fille. Et, à la place d'une fille…

— Ils sont tombés sur des élèves de la Gallagher Academy ! a achevé Liz.

Elles ont échangé un sourire. Macey et moi, en revanche, on fixait la pénombre. On venait toutes les deux de réaliser quelque chose.

— Le souci, c'est qu'ils n'avaient pas l'air surpris, ai-je fait remarquer.

CHAPITRE 15

Je m'étais passé tellement de fois l'attaque de Boston dans la tête que j'en connaissais les moindres détails par cœur. Et je n'avais plus envie d'y penser.

Pourtant, après ce qu'avait dit Bex... je voyais la scène sous un angle différent.

Les faits étaient les mêmes, c'est vrai. Mais je venais de comprendre quelque chose. Quand le film des événements s'est rejoué dans mon esprit, au lieu de me focaliser sur les coups qu'on avait échangés, je me suis concentrée sur le regard de nos assaillants, sur la façon dont ils se tenaient prêts à parer nos coups. Personne n'avait semblé étonné, par exemple, de voir Macey mettre un type deux fois plus grand qu'elle hors d'état de nuire par une prise ultrasophistiquée.

Il n'y avait aucun doute là-dessus : les gens qui nous étaient tombés dessus connaissaient notre identité d'apprenties espionnes.

— C'est vrai, ça, ils n'avaient pas l'air surpris, a renchéri Macey. Comment on ne s'en est pas rendu compte plus tôt ?

— Donc, a conclu Bex, ils sont au courant.

Elle a jeté un coup d'œil par la fenêtre, comme si elle s'attendait à les voir tapis dehors.

— Mais c'est impossible ! s'est exclamée Liz. Personne ne sait ce qui se cache derrière la Gallagher Academy.

— Apparemment si, ai-je murmuré.

— Alors, même en sachant que Macey a bénéficié d'un entraînement de super-espionne, ils auraient tenté de l'enlever avec Preston ? a demandé Liz.

Mes deux meilleures amies me dévisageaient. Plus moyen de me taire maintenant.

— En fait, ai-je commencé, un peu hésitante, ils n'avaient pas l'air de s'intéresser à Preston.

— Comment ça ? a répliqué Liz.

— Ce n'est ni à lui ni à Cammie qu'ils en voulaient, est intervenue Macey. C'est à moi.

— D'ailleurs, il faudrait en informer ma mère et Abby, ai-je commenté.

— Elles le savent déjà, tu ne crois pas ? a remarqué Macey.

Tout à coup, ça a fait *tilt !* dans ma tête. Bien sûr qu'elles le savaient. Et depuis le début, sans doute.

— Donc, soit ils n'ont pas été rebutés par le fait que Macey appartienne à la Gallagher Academy… a commencé Liz.

— Soit ils ont essayé de l'enlever *à cause de ça*, a conclu Bex.

À l'extérieur, la lune s'était levée, éclatante, et les lumières de Roseville brillaient, comme pour illustrer le fait qu'on y voyait beaucoup plus clair, maintenant.

RAPPORT D'OPÉRATION SECRÈTE

Par Cameron Morgan, Macey McHenry, Elizabeth Sutton et Rebecca Baxter, ci-après dénommées « les Agents ».

Pendant une banale sortie, les Agents McHenry et Morgan ont été attaqués par les membres d'une organisation inconnue pour des raisons mystérieuses.

Après deux semaines de recherches intensives (notamment grâce au talent de l'Agent Sutton pour le piratage informatique), les Agents ont découvert les faits suivants :

Pas moins de vingt-quatre actions en justice partout dans le monde ont été intentées contre l'entreprise de cosmétiques de Cynthia McHenry – quand bien même il est clairement expliqué sur la notice que la crème régénératrice contour des yeux de la marque peut causer une cécité temporaire.

À la grande surprise de Macey, le sénateur McHenry ne semble pas avoir d'enfants illégitimes.

Parmi les actionnaires principaux de l'entreprise de Cynthia McHenry, personne n'a misé sur une baisse du prix des actions après la tentative d'enlèvement.

Environ soixante-seize domestiques ayant travaillé pour les McHenry ont donné leur congé – même si Macey affirme que seulement soixante-quinze d'entre eux avaient vraiment des raisons d'être mécontents.

Comme vous l'imaginez sans doute, les familles d'espions ont souvent beaucoup d'ennemis. Eh bien, ce n'est rien comparé aux hommes politiques et aux gens qui vendent des produits de beauté potentiellement dangereux. Quand on a eu fini de répertorier tous les trafics louches et les scandales politiques liés aux McHenry, on s'est rendu compte que la liste était longue. Pas de quoi dormir sur ses deux oreilles.

— J'y comprends rien ! ai-je lancé en cours d'autodéfense.

Malheureusement, Bex a mal interprété mes propos, parce que, au lieu de compatir, elle m'a attrapée par le bras pour me faire basculer au-dessus de sa tête.

— Aïe ! ai-je gémi en m'écrasant par terre.

Bex a éclaté de rire.

— Regarde, ce n'est pas compliqué. Il suffit de...

— Je ne parle pas de cette prise... ai-je rétorqué avant de me redresser.

Puis, à mon tour, je l'ai fait voler au-dessus de moi.

— ... mais de Macey.

— Ah !

Dehors, les feuilles des arbres commençaient à roussir, et la température avait chuté. L'automne arrivait sans que les mystères de l'été soient résolus.

J'ai baissé la voix au milieu des grognements et des coups que s'échangeaient nos camarades.

— J'ai eu beau avoir ces individus en face de moi, j'ai eu beau entendre le son de leur voix, je ne sais toujours rien d'eux à part...

— La bague, a deviné mon amie.

Des gouttes de sueur ont roulé sur mon front.

— J'ai déjà vu cet emblème quelque part.

— Oui, mais je croyais que Liz avait comparé le dessin que tu en as fait avec les infos qu'elle a trouvées dans la base de données de la CIA.

— C'est vrai.

— Et, s'ils sont aussi forts que tu le sous-entends, tu penses vraiment que cette femme aurait porté une bague susceptible de la faire démasquer ?

Bex avait raison. Ils ne pouvaient pas avoir commis une erreur aussi grossière.

— Mademoiselle Morgan ! a crié notre professeur. Mademoiselle Baxter ! Assez bavardé !

J'ai aidé Bex à se relever.

— Tu sais quoi ? a-t-elle repris. Il y a un truc qu'on n'a pas essayé.

À travers la fenêtre, j'ai aperçu ma mère qui traversait le parc.

— Non ! ai-je protesté, indignée.

Le pied de Bex est passé à quelques centimètres de mon oreille.

— Ne compte pas sur moi pour aller fouiller de nouveau dans le bureau de ma mère ! ai-je déclaré en élevant la voix malgré moi.

— Qui a parlé de ta mère ? a chuchoté Bex.

Elle a indiqué du menton quelqu'un derrière nous, et j'ai découvert M. Solomon à quelques mètres.

— Pas question, ai-je soufflé. J'oserais encore moins l'espionner…

— Regarde mieux que ça.

En fait, notre professeur n'était pas seul : la personne avec qui il riait n'était autre qu'Abby. Alors, c'était ça ! Ma meilleure amie voulait que j'aille fouiner dans les affaires de ma tante !

Contrairement à ce que vous pouvez penser, je n'aime pas enfreindre les règles. Pas plus que je n'aime me mêler de la vie privée des gens – encore moins quand il s'agit de personnes que j'aime. Pourtant, cette fois, ce qui était arrivé à Macey me concernait directement. Le bleu sur mon front était là pour me le rappeler. Et je peux vous assurer qu'on n'oublie pas facilement une chute de plus de dix mètres dans un vide-linge !

Du coup, j'ai accepté qu'on se réunisse toutes les quatre dans notre chambre le jeudi soir. Et je n'ai pas protesté quand Bex a demandé :

— Vous êtes prêtes ?

Liz a saisi sa lampe de poche et, pendant que Macey laçait ses chaussures de sport, j'ai essayé de me convaincre qu'il y a une grosse différence entre fourrer son nez dans les affaires des gens et les espionner pour la bonne cause. Parce que, dans le second cas, le but n'est pas de découvrir des choses qui pourraient les compromettre. Il est de sauver des vies.

OK, Macey était en sécurité ici : le Secret Service et tante Abby veillaient sur elle. Mais quelqu'un en voulait visiblement aux élèves de la Gallagher Academy, et aucune de nous quatre ne comptait rester les bras croisés avant de savoir qui – et pourquoi.

RAPPORT D'OPÉRATION SECRÈTE

Le soir du 1er octobre, après le dîner, l'Agent McHenry a annoncé devant toutes ses camarades, dans le Grand Hall, qu'elle allait faire un footing dans la forêt.

L'Agent Abigail Cameron a aussitôt répliqué que sa protégée n'avait pas l'autorisation de s'y rendre seule et que, étant donné qu'elle-même avait mal à la tête, sa protégée n'irait nulle part.

L'Agent McHenry a répété qu'elle irait courir dans la forêt, que l'Agent Cameron soit d'accord ou non.

L'Agent Cameron a haussé le ton pour décréter que sa protégée ne sortirait pas du manoir.

L'Agent McHenry a rétorqué d'une voix encore plus forte que si.

Puis elle a quitté le Grand Hall en courant.

L'Agent Cameron n'a pas eu d'autre choix que de lui emboîter le pas.

J'avais un peu le trac, en arpentant les couloirs ce soir-là avec Bex. Pas à cause de ce qu'on s'apprêtait à faire, mais parce que j'avais peur de voir notre plan fonctionner… et d'apprendre quelque chose qui ne me regarde pas.

Dehors, une silhouette filait vers la forêt – Macey – suivie de près par Abby. Derrière un arbre, une lumière a clignoté deux fois : Liz nous indiquait que la voie était libre. Même si tout se déroulait comme prévu, je ne pouvais pas m'empêcher d'être nerveuse en arrivant devant la porte de ma tante.

Ça peut paraître dingue, mais on a mis dix bonnes minutes à l'ouvrir. Pas parce que tante Abby avait pris des précautions incroyables pour empêcher toute intrusion, mais parce que Bex et moi on a voulu s'assurer qu'elle n'en avait pas pris. Mieux valait ne courir aucun risque.

Lorsque, finalement, on a pénétré dans sa chambre, j'ai retenu mon souffle. Nos lampes torches ont balayé une panoplie de vêtements dans lesquels je n'avais jamais vu ma tante. Sur une commode, un tas de bibelots plus étranges les uns que les autres s'entassaient – sans doute des souvenirs d'aventures dont je n'avais jamais entendu parler.

Le faisceau de ma lampe m'a à moitié aveuglée en rencontrant un miroir. Une photo en noir et blanc était coincée dans le coin du cadre. On y voyait Abby, mon professeur préféré et mon père qui riaient. J'étais tellement occupée à contempler l'image que, l'espace de quelques secondes, j'ai oublié le but de notre visite.

— Cammie.

La voix de Bex m'a ramenée à la réalité. Sa lampe éclairait une main en gros plan – un cliché que j'aurais voulu pouvoir oublier. Il était plutôt de bonne qualité, même si, de toute évidence, il avait été pris par un satellite de la NSA situé à quelques kilomètres de la Terre. Mon épaule et mon cou étaient à peine reconnaissables, contrairement à la bague, très nette.

— Tu la reconnais ? ai-je demandé, le cœur battant, soulagée de constater que cet objet ne sortait pas tout droit de mon imagination.

L'Agent Cameron est parvenu à ramener l'Agent McHenry au manoir.

Malheureusement, les Agents Baxter et Morgan n'avaient aucun moyen de le savoir.

— Joe ! a lancé Abby dans le couloir désert. Vous allez finir par me faire avoir des ennuis !

Je me suis figée, sans arriver à déterminer ce qui était le plus effrayant : l'expression de Bex, le rire enjôleur de ma tante ou le bruit de la clé qui s'introduisait dans la serrure.

Qu'est-ce qu'on était censées faire ? Je n'en savais absolument rien. En général, ce n'est jamais une très bonne idée de se cacher. D'ailleurs, M. Solomon nous avait expliqué qu'en dernier recours il fallait fuir. La situation était d'autant plus inquiétante que c'était lui qui s'apprêtait à nous surprendre.

— Sous le lit ! ai-je ordonné en saisissant Bex par le col.

— Oh, Joe ! Arrêtez ! s'est exclamée Abby tandis qu'on rampait sur le parquet et que la porte s'ouvrait. Qu'est-ce qui se passerait si Rachel l'apprenait ? Elle ne me le pardonnerait jamais !

Bex me regardait, les yeux écarquillés dans l'obscurité, l'air incrédule.

— Elle est avec Solomon ? a-t-elle murmuré.

J'aurais voulu me mettre à chanter pour ne plus rien entendre. Ou mieux, me retrouver à des kilomètres de là. J'ai dû me contenter de fermer les yeux de toutes mes forces.

C'est sans doute pour ça que je n'ai pas vu le couvre-lit se soulever et deux mains m'attraper les chevilles pour me tirer hors de ma cachette.

— Tiens, mais c'est le petit monstre ! s'est exclamée ma tante.

La bonne nouvelle, c'était que M. Solomon n'était nulle part en vue. La mauvaise, c'était que tante Abby n'avait eu aucun mal à nous trouver.

— Bex, pouvez-vous nous laisser, s'il vous plaît ?

Après une seconde d'hésitation – après tout, une Gallagher n'abandonne jamais une des siennes –, mon amie a obtempéré. Quand la porte s'est refermée derrière elle, ma tante s'est tournée vers moi.

— Décidément, tu n'as plus rien d'une petite fille.

— Abby, je suis…

— … fichue, m'a-t-elle interrompue sans me laisser le temps de m'excuser.

Elle s'est assise sur le lit pour enlever ses chaussures pleines de boue.

J'ai jeté des regards autour de moi.

— Euh… où est M. Solomon ?

— Je n'en sais rien, a-t-elle répliqué.

Puis elle a ajouté du ton enjôleur qu'elle avait employé quelques instants plus tôt :

— Oh, tu parles de Joe ?

Et elle a éclaté de rire.

— Comment t'as su que j'étais sous le lit ? Je suis si prévisible que ça ?

— Oh, non, pas du tout ! Mais se cacher sous les lits est une tradition chez les Morgan.

— Pourquoi ? Est-ce que maman…

— Pas ta mère. (Elle a haussé un sourcil.) Ton père.

Même s'il est toujours dans nos cœurs, on évite autant que possible d'évoquer mon père, ma mère et moi. C'est trop douloureux. Mais tante Abby, elle, ne semblait pas gênée de parler de lui. Elle s'est dirigée vers la commode pour s'emparer d'un sachet de M&M's.

— Tu en veux un ? Ton père adorait les chocolats, tu sais ! a-t-elle repris en se laissant de nouveau tomber sur le lit. Tu tiens ça de lui, sans doute. Je me souviens de cette fois où on filait un agent double à Athènes sur un marché. Il y avait un étalage de chocolats, et ton père faisait des efforts incroyables pour ne pas quitter notre homme des yeux…

Les prunelles de ma tante brillaient comme jamais. Je suis certaine qu'elle n'était pas censée me raconter cette histoire – elle risquait d'avoir des problèmes avec la CIA en me dévoilant ces détails – mais rien ne semblait pouvoir l'arrêter.

— Il aurait suffi d'une seconde d'inattention pour que l'individu nous sème, tellement la foule était dense. À un moment, j'ai tourné la tête un tout petit instant et, quand j'ai reporté mon regard sur ton père, il me souriait, du chocolat aux commissures des lèvres.

Elle a ri de nouveau. Moi, j'étais partagée entre l'envie de l'imiter et l'envie de pleurer.

— Je ne sais toujours pas comment il s'y est pris. Quand j'ai regardé la vidéo de la scène, il n'y avait aucune trace de son méfait... Il était vraiment doué, tu sais. Comme toi.

Je n'étais pas de cet avis : je ne méritais pas d'être comparée à mon père.

— Non, c'est faux.

— Bon, peut-être que tu n'es pas aussi douée que lui. Mais tu le seras un jour.

— Alors, tu ne vas pas raconter à maman que je me suis introduite dans ta chambre ?

— Je n'ai aucun intérêt à faire ça. Elle serait furieuse contre nous deux.

— Contre moi, sans doute. Mais pourquoi est-ce qu'elle serait fâchée contre toi ?

— Pour t'avoir montré ça.

Elle a posé un gros dossier sur la commode avant d'en tourner les pages à toute vitesse.

— Ce sont les menaces qu'ont reçues les McHenry ce mois-ci. Toutes concernent Macey.

La chemise en carton débordait de documents.

— Voici les copies des lettres, des mails et des conversations téléphoniques que nous avons analysés. Pour ce seul mois.

— Qu'est-ce que c'est que ce symbole ? ai-je demandé en indiquant de la main le cliché, tombé par terre.

— Nous ne le savons pas encore, a répliqué ma tante. C'est l'une des pistes sur lesquelles on travaille. Mais il s'agit sans doute d'un détail sans importance. Ceux qui vous ont attaquées ne sont pas des amateurs, et ils n'auraient pas laissé un indice capable de nous mener jusqu'à eux.

— C'est ce que pense Bex.

— Bex a du flair.

— Ça oui !

J'étais sur le point de partir quand j'ai repensé à quelque chose.

— Tu sais, j'avais déjà vu ce symbole avant… avant Boston.

— Tu te souviens où ?

— Non, mais j'espère que ça me reviendra.

— Si ça arrive, préviens-moi, a-t-elle conclu d'un air nonchalant.

Je n'étais pas dupe : ses yeux disaient qu'elle connaissait déjà la signification de ce symbole.

Elle m'a tendu un papier.

— Tiens, au fait, tu pourrais donner ça à Macey ?

Je suis restée de longues secondes dans le couloir à relire le message destiné à mon amie. Dommage qu'il n'ait pas été écrit sur du papier auto-désintégrant ! Je l'aurais vu disparaître avec grand plaisir !

Voici ce qu'il indiquait :

Samedi, 5 heures : départ du Paon pour Philadelphie.

Liste des choses que vous pouvez tenter pour empêcher une de vos amies de participer à la campagne électorale de son père alors qu'elle est en danger de mort.

1. Persuader M. Mosckowitz, votre prof de langage codé, d'enfermer à double tour ses élèves de troisième – dont Macey

fait partie – jusqu'à ce qu'elles arrivent à déchiffrer un message particulièrement compliqué. (Un exercice qu'il s'est amusé à effectuer à maintes reprises.)

2. Laisser sur la base de données du Secret Service des informations suggérant que votre amie a proféré de graves menaces à l'encontre d'un autre protégé, Preston Winters (ce qui est d'ailleurs la pure vérité).

3. Prier pour que l'intéressée fasse une réaction allergique à la nouvelle crème de nuit de sa mère. Étant donné qu'un visage couvert de boutons n'est jamais très photogénique, ses parents pourraient décider de se passer d'elle afin de ne pas dissuader les électrices indécises de voter pour le duo Winters-McHenry.

4. En dernier recours, intoxiquer sa nourriture pour lui donner une indigestion.

Avec Bex, on n'était pas mécontentes de nos idées. Opter pour un de ces scénarios nous éviterait de saucissonner Macey sur une chaise pour l'empêcher de partir (un plan auquel Bex tenait vivement). Mais on a vite déchanté. Parce que ces scénarios se sont heurtés à des obstacles inattendus.

Premièrement, M. Mosckowitz avait décidé de ne plus enfermer ses élèves depuis qu'il avait lui-même développé une tendance à la claustrophobie. (En cause : un regrettable incident impliquant des toilettes portables et deux coiffeurs libanais.)

Deuxièmement, on s'est rendu compte que le Secret Service ne prenait pas au sérieux les menaces de mort venant des personnes sous protection. Même émanant d'élèves de la Gallagher Academy.

Troisièmement, on aurait dû deviner que Macey n'aurait jamais de bouton de sa vie : on ne peut pas aller contre les lois de la nature.

Enfin, intoxiquer la nourriture de votre amie est inefficace quand elle a décidé de ne rien avaler.

Est-ce que c'était le stress, la peur, ou son anorexie qui revenait ? Quoi qu'il en soit, Macey refusait maintenant de toucher au contenu de son assiette, se contentant de le fixer d'un air sombre, comme si elle redoutait la suite des événements.

— Ça s'annonce mal, a affirmé Liz le vendredi matin, tandis qu'on sortait du cours de culture générale de Mme Dabney.

On n'avait toujours pas trouvé de plan pour empêcher Macey de partir, et le temps commençait sérieusement à nous manquer.

— On pourrait…

— Non ! a-t-on lancé à l'unisson, Liz et moi.

Pas question de laisser Bex nous répéter pour la énième fois que ses nœuds étaient super-solides – l'idée de saucissonner Macey sur une chaise ne lui était pas sortie de la tête.

— Ne vous en faites pas pour moi, les filles, est intervenue Macey, qui se dirigeait vers le laboratoire du docteur Fibs. Merci d'essayer de m'aider, mais de toute façon j'ai pas le choix. Je dois y aller.

Il fallait se rendre à l'évidence : ça ne servait à rien d'insister. Parce que, Bex et moi, on n'était pas les seules à avoir le métier de nos parents dans le sang. La première phrase que Macey avait dû prononcer, c'est « Votez pour mon papa », et rien ne pourrait l'empêcher de participer à la campagne de son père, pas même une tentative d'enlèvement.

Bex m'entraînait maintenant vers le sous-sol numéro 2, loin des couloirs bruyants.

— Qu'est-ce que t'as ? a-t-elle demandé en remarquant ma mine sombre.

— C'est Zach.

— Écoute, Cammie. OK, il est super-canon, mais tu crois vraiment que c'est le moment de penser à lui ? On a des problèmes plus importants.

— Zach a réussi à déjouer la sécurité. Et, s'il a réussi…

Je n'ai pas eu besoin de continuer, Bex m'avait comprise.

— T'inquiète pas, Cammie. On trouvera bien un moyen de protéger Macey… si M. Solomon ne nous tue pas pour être arrivées en retard.

Après avoir parcouru le long couloir en spirale qui s'enfonçait dans les profondeurs de la terre, on s'est enfin arrêtées devant notre salle de classe – où notre meilleur prof ne se trouvait pas.

Dans la pièce, c'était le calme complet. Sans doute parce que, quand on est une apprentie espionne, on se rend très vite compte que les murs peuvent avoir des oreilles.

Bex et moi, on s'est donc assises en silence. Même Tina restait muette.

— Vous êtes les première ? a soudain lancé une voix inconnue.

Un homme que je n'avais jamais vu se tenait dans l'embrasure. Il était assez vieux et portait l'uniforme des types chargés de l'entretien. Son nom était écrit sur son badge – Art. Il nous regardait d'un air sévère, comme s'il savait qu'on était personnellement responsables de l'accident qui avait eu lieu dans le laboratoire du docteur Fibs. (Une de nos camarades avait renversé de l'acide chlorhydrique qu'on avait mis des semaines à faire disparaître.)

— Oui, monsieur, a répondu Mick.

Le dénommé Art ne devait pas être n'importe qui. Pour travailler à la Gallagher Academy en tant qu'agent d'entretien, il faut avoir été un espion hors pair.

On l'a regardé se diriger vers la sortie, puis se retourner pour nous lancer par-dessus son épaule :

— Alors, qu'attendez-vous pour me suivre ?

Il m'a suffi de jeter un coup d'œil à mes camarades pour savoir qu'on se posait toutes les mêmes questions. C'est-à-dire :

1. Où était M. Solomon ?
2. Qu'est-ce qui était arrivé à Art ?

Parce que non seulement celui-ci boitait de la jambe droite, mais en plus sa main gauche pendait bizarrement. Pour couronner le tout, il portait des lunettes à double foyer – ce qui ne l'a pas empêché de rappeler Tina à l'ordre lorsqu'elle a murmuré quelque chose à l'oreille d'Eva. Sa vue était peut-être défectueuse, mais son ouïe fonctionnait à merveille.

On a longé deux portes en bois dotées d'un tas de serrures, puis des salles qui semblaient avoir servi de décor à des films d'épouvante. Quand on est arrivées en vue de l'ascenseur, on a toutes accéléré le pas en pensant qu'on allait l'emprunter. Mais on aurait dû se rappeler une des règles d'or que notre professeur d'opérations secrètes nous avait apprises : « Toujours anticiper, ne jamais se précipiter. »

— Mesdemoiselles ! a en effet lancé Art.

On s'est figées avant de se tourner vers lui. Il s'était arrêté devant une grande porte qu'il n'a pas tardé à pousser. Puis il a appuyé sur un interrupteur.

— Bex, ai-je chuchoté tandis qu'on s'avançait dans la pièce au sol dallé. Tu ne trouves pas qu'il...

Je n'ai pas pu achever, trop ébahie par ce que je voyais. De longues rangées de vêtements s'alignaient contre deux hauts murs ; des étagères couvertes d'accessoires se dressaient au milieu de la pièce. Plus loin, à côté de grands miroirs, des tiroirs soigneusement étiquetés attendaient qu'on les ouvre.

— Ouah ! s'est exclamée Eva ! Un dressing !

— Il est immense ! a renchéri Tina.

Même si je me doute que n'importe quelle fille adorerait se retrouver dans un dressing grand comme une maison, je peux vous assurer que seules des élèves de la Gallagher Academy sont à même d'apprécier celui-ci.

Parce que, quand Eva a actionné un second interrupteur, d'autres lumières, près des miroirs, ont éclairé des chapeaux, des perruques, des lunettes, des fausses dents, des imperméables et des parapluies.

J'ai reporté les yeux sur l'homme qui se tenait devant nous. Mon regard est tombé sur sa mauvaise jambe, puis sur son bras malade. Et j'ai compris.

Art s'est avancé au milieu de la pièce.

— Mesdemoiselles, a-t-il lancé.

Il a enlevé ses lunettes de sa main gauche, qui, soudain, semblait très bien fonctionner. Ensuite, il a ôté sa chaussure droite, l'a saisie et l'a retournée. Un caillou est tombé dans sa main. Art se tenait solidement debout, à présent. Enfin, il s'est débarrassé de sa perruque grise, qu'il a posée sur une étagère.

Tina est restée bouche bée. Anna a reculé d'un pas chancelant. Mais M. Solomon souriait.

— Les petits changements font les grandes différences, a-t-il lancé.

Il a déboutonné la chemise du prétendu Art, sous laquelle est apparu un tee-shirt blanc – malheureusement, il n'a pas enlevé son pantalon.

On était toutes perplexes. Comment un type aussi canon que M. Solomon avait-il réussi à se métamorphoser en vieux débris ?

Quoi qu'il en soit, de toutes mes camarades, j'étais sans doute la plus à l'aise dans cette pièce. Quoi de mieux qu'une salle remplie d'accessoires quand on est un caméléon qui ne demande qu'à disparaître ? Mais, quand mes yeux se sont posés sur Bex, j'ai vite déchanté.

— On attaque le plan B ? a-t-elle murmuré avec un sourire jusqu'aux oreilles.

CHAPITRE 16

RAPPORT D'OPÉRATION SECRÈTE

Après avoir découvert que la sécurité de l'Agent McHenry était menacée par des individus connaissant la véritable nature de la Gallagher Academy pour Jeunes Filles Exceptionnelles, les Agents Morgan, Baxter et Sutton ont décidé de lancer une opération secrète afin de s'assurer personnellement de la sécurité de l'Agent McHenry – ladite opération impliquant pas mal d'ombre à paupières.

Est-ce que c'était de la folie ? Oui.

Est-ce que c'était nécessaire ? Peut-être.

Est-ce qu'il y avait moyen de dissuader Bex ? Seulement si on acceptait de saucissonner Macey.

On a eu beau passer le vendredi après-midi à mettre un plan au point, le samedi matin, accompagnée de Bex et de Liz, j'arpentais les couloirs avec un sentiment désagréable – un mélange de nostalgie et d'anxiété qui ne faisait que croître.

Ça faisait des mois qu'on n'avait pas lancé d'opération secrète, mes amies et moi. Ni emprunté de passage secret.

Ni enfreint les règles de l'école. Et pourtant, on était sur le point de s'aventurer sur un terrain beaucoup plus sombre et dangereux que d'habitude.

Tout à coup, Liz a sauté en arrière avec un cri, avant de trébucher sur le pied de Bex et de heurter le mur, s'écorchant le coude au passage.

Les Agents ont peut-être emporté avec eux les accessoires permettant de se métamorphoser, mais ils n'ont pas pensé à y joindre le nécessaire pour tuer les insectes.

Des toiles pendaient entre les poutres comme autant de détecteurs de mouvements. En voyant d'énormes araignées – les plus grosses que j'aie jamais vues – fuir la lumière de nos lampes, je me suis rappelé pourquoi, quand vous êtes à la Gallagher Academy, vous n'avez pas intérêt à rester longtemps sans vous entraîner. D'abord, parce que vous pouvez à tout moment avoir besoin de vos compétences. Ensuite, parce que, si vous laissez les passages secrets à l'abandon, d'autres créatures peuvent en prendre possession en votre absence.

Même Bex a fait un pas en arrière.

Pourtant Liz s'est rapidement ressaisie. Malgré sa peur des petites bêtes et son coude sanguinolent, elle n'a pas hésité : elle s'est frayé un passage à travers les toiles d'un air de défi.

Bex m'a laissée passer devant elle, et je me suis enfoncée à mon tour dans l'obscurité, sans savoir ce qui nous attendait au bout.

Je n'ai pas tardé à le découvrir : ce qui nous attendait au bout, c'était un minivan des années quatre-vingt.

Liz a secoué un trousseau de clés.

— Qu'est-ce que c'est que ça ? ai-je demandé en priant pour que personne ne nous remarque – pas seulement parce qu'on n'était pas censées se trouver là, mais aussi parce que j'avais honte qu'on nous voie dans un tas de ferraille pareil.

— Monte ! s'est contentée de répliquer de Liz. Au fait, qui prend le volant ?

Bex a tendu la main pour saisir les clés, mais, connaissant sa tendance à conduire du mauvais côté de la route – elle est anglaise –, je me suis dépêchée de m'en emparer.

— Liz, ai-je dit, les yeux fixés sur le pare-chocs rouillé, où t'as trouvé ce truc ?

— C'est un prototype, a-t-elle expliqué en s'installant sur la banquette arrière.

Quand j'ai ouvert la portière côté conducteur, j'ai cru qu'elle allait sortir de ses gonds. Le siège était dans un état désastreux – le rembourrage sortait par toutes les coutures – et le volant avait été rafistolé avec un rouleau entier de scotch.

— Comment ça ? ai-je voulu savoir, pas très rassurée.

Quelque chose me disait qu'aller à Philadelphie à bord de cet engin risquait de compromettre sérieusement notre mission.

— Bon, donne-moi ça, s'est impatientée Bex.

Elle m'a arraché le trousseau des mains et a mis le contact. Rien.

— Super, ai-je commenté. Ça ne marche même pas.

C'est là que j'ai senti comme une légère vibration. En fait, le moteur tournait, mais presque sans bruit.

— Nouvelle technologie, a expliqué Liz. Le docteur Fibs m'a aidée à mettre le moteur au point. Il peut faire du 1 litre aux cent, a-t-elle ajouté avec un petit sourire de triomphe. Mais, à Noël, on devrait pouvoir arriver à 0,6 litre.

Comme quoi, les agents secrets qui passent leur vie dans des bureaux peuvent eux aussi contribuer à sauver le monde !

Le trajet a été silencieux. Enfin presque, vu que Liz n'a pas arrêté de monologuer – ce qu'elle fait toujours quand elle est nerveuse –, contrairement à Bex, qui, elle, s'est enfermée dans sa bulle… comme chaque fois qu'elle est nerveuse.

Lorsqu'on est arrivées à proximité de Philadelphie, la pluie a commencé à tomber et je me suis rendu compte que les essuie-glaces n'étaient pas aussi high-tech que le moteur. Ils avaient un mal fou à glisser sur le pare-brise, laissant de grandes traînées qui m'empêchaient de voir la route.

— Tourne à droite, m'a indiqué Liz, qui me guidait maintenant le long des ruelles étroites.

J'avais du mal à imaginer qu'un meeting politique puisse avoir lieu dans un endroit pareil. Il n'y avait pas un chat en vue.

— T'es sûre que tu ne t'es pas trompée ? ai-je demandé à Liz.

Avant qu'elle n'ait pu protester, un grand bâtiment est apparu devant nous au détour d'un virage. De hautes colonnes se dressaient de chaque côté de l'entrée : l'ensemble ressemblait plus à un temple romain qu'à une gare. Une immense bannière était suspendue au-dessus. On pouvait y lire : « Les Winters et les McHenry vont remettre les États-Unis sur les rails ! »

— On y est ! a annoncé Bex, tandis que la pluie tombait de plus en plus fort et que les trottoirs se couvraient de flaques d'eau.

CHAPITRE 17

Chaque mission est riche d'enseignements et, avant même qu'on ait atteint le bâtiment, j'avais appris deux choses capitales :

1. Arriver à se changer à l'arrière d'un minivan avec deux autres filles est un vrai exploit acrobatique – qui devrait être récompensé par des points supplémentaires en sport.

2. Il ne faut jamais compter sur les autres pour choisir ses vêtements, pas même sur sa meilleure amie.

— J'arrive pas à croire que je dois mettre ce truc ! ai-je gémi en tirant sur le bas de la petite robe noire que Bex avait piquée au sous-sol numéro 2.

J'avais l'impression de porter non pas un vêtement mais un engin de torture… pourvu d'un décolleté *très* plongeant dans le dos. Et c'était sans compter les chaussures à talons *particulièrement* hauts qui allaient avec.

Des limousines étaient stationnées dans la rue et des agents du Secret Service surveillaient toutes les issues.

— Quand on se déguise, il faut rompre avec ses habitudes, a chuchoté Bex.

J'ai tout à coup réalisé qu'avoir des amies géniales capables de mémoriser des livres entiers peut parfois devenir un inconvénient. Parce que Bex ne s'était pas trompée en choisissant cette robe pour moi : je n'avais pas l'habitude de porter ce genre de vêtement. Vraiment pas.

— Dans ce cas, pourquoi ce n'est pas toi qui dois la mettre ? ai-je rétorqué.

— J'aurais adoré. C'est bien ça, le problème.

Nouveau point pour elle. Un déguisement ne doit pas vous permettre de passer inaperçu – il doit empêcher qu'on ne vous reconnaisse. Et, pour ça, il faut vous transformer du tout au tout. Surtout quand il s'agit de tromper votre propre tante.

Les cheveux blonds de Liz avaient disparu sous une perruque brune ; Bex était méconnaissable avec ses lunettes et sa combinaison rembourrée qui camouflait sa silhouette longiligne. On avait si bien changé d'apparence que, en longeant les vitres du bâtiment, je n'ai pas tout de suite compris qui étaient les trois inconnues qui s'y reflétaient. Pour une fois, je ne pouvais pas passer inaperçue avec ma perruque, mes lentilles de couleur et mon faux nez.

— Bon, les filles, ai-je lancé. D'après le plan du bâtiment, il y a un panneau qui permet d'accéder à un ascenseur quelque part à l'est. On en ressortira un peu sales, peut-être, mais…

— Tu ne crois pas qu'on ferait mieux d'entrer par la porte principale ? m'a interrompue Liz.

Elle nous a tendu trois magnifiques invitations et de fausses cartes d'identité qu'on aurait cru authentiques.

Bex et moi, on avait donc de quoi être étonnées. Il fallait débourser une fortune pour avoir le droit de participer à l'événement. Quant aux invités, ils étaient triés sur le volet, et les agents du Secret Service en avaient vérifié eux-mêmes la liste. On s'est arrêtées sous un lampadaire pour dévisager Liz.

— Je ne sais pas si j'ai envie d'apprendre comment tu les as eues, ai-je commenté.

— Dans ce cas, je préfère me taire.

Finalement, Liz est sans doute la plus dangereuse d'entre nous…

En entrant dans le hall de la gare, on a eu l'impression de débarquer sur une autre planète. Le plafond orné de magnifiques fresques s'élevait à quinze mètres au moins. Un quatuor à cordes installé sur un balcon jouait un air, tandis que cinq cents personnes profitaient du buffet en discutant.

Mes amies et moi, on s'est postées à l'entrée en haut des marches, près d'une statue de saint Michel, pour guetter l'arrivée de Macey.

— Alors, toujours rien ? ai-je demandé vingt minutes plus tard dans mon micro en me frayant un chemin à travers la foule.

— Toujours rien, a répliqué Bex.

— Rat de Bibliothèque, que dit le programme, déjà ? ai-je voulu savoir.

— Il dit que Macey fera son apparition à 7 h 30.

— Et quelle heure il est ?

— Tu le sais très bien, a répliqué Bex.

En fait, j'avais espéré que ma montre me jouait des tours, parce que les candidats et leurs familles étaient en retard.

Et qui dit retard dit erreur. Et qui dit erreur dit problème. Et, dans notre cas, ils risquaient d'être de taille… à tel point que je préférais ne pas y penser.

En scrutant la masse des gens, je me suis rappelé les mises en garde de M. Solomon : il suffit d'une seule petite erreur pour que ceux qui veulent vous nuire saisissent leur chance et parviennent à leur but.

Je ne sais pas si c'était mon imagination ou mon instinct d'espionne, mais je voyais des gens louches partout. Par exemple, ce type au nœud papillon rouge qui m'était rentré dedans trois fois. J'aurais eu bien besoin des lumières de Macey pour déterminer si c'était une technique de drague ou autre chose...

— Alors ? ai-je de nouveau demandé dans mon oreillette.

— Aucun bus en vue, a répliqué Liz, postée devant la fenêtre.

— Rien non plus de mon côté, a ajouté Bex. Attends...

Tout à coup, les gens se sont mis à s'agiter à qui mieux mieux. On aurait cru qu'il y avait de l'électricité statique dans l'air – à tel point que j'ai regardé dehors, m'attendant presque à voir le ciel se zébrer d'éclairs.

— Oh, mon Dieu ! s'est exclamée Liz.

— Quoi ? ai-je crié, oubliant que je n'étais pas seule.

Je me suis tournée vers l'entrée principale. Puis j'ai senti la foule se mouvoir derrière moi, et j'ai pivoté doucement. Et là, j'ai constaté qu'il n'y avait ni bus ni convoi en vue.

Un long train ancien décoré de banderoles et de drapeaux, rouge blanc et bleu s'avançait lentement dans la gare, sous les acclamations assourdissantes des cinq cents personnes rassemblées.

Le gouverneur Winters et le sénateur McHenry se sont installés sur la plate-forme du dernier wagon, accompagnés de leurs femmes, de Macey et de Preston.

Pourquoi est-ce que la peur me vrillait l'estomac ? Je devais être folle. Après tout, Macey souriait, saluait la foule, jouant à merveille son personnage. Et puis, surtout, tante Abby veillait sur elle.

Un bref instant, cette pensée m'a soulagée… jusqu'à ce que j'aperçoive un homme parmi la masse des gens.

Un individu aux cheveux blancs et aux sourcils broussailleux.

Et, cet individu, je l'avais déjà vu quelque part.

À Boston.

CHAPITRE 18

En même temps, ça ne voulait peut-être rien dire. Il y a sans doute un tas de gens qui vont à la fois à des congrès politiques et à des meetings. Et puis, le Secret Service était là.

Pourtant, je n'arrivais pas à calmer mon appréhension. Et je ne savais pas ce qui m'effrayait le plus : d'avoir vu un type qui m'avait bousculée le jour où ma voisine de chambre avait failli se faire enlever ou qu'il ait déjà disparu dans la foule.

— Duchesse ! ai-je crié dans mon micro.

Mais les acclamations autour de moi étaient si bruyantes que mes amies ne pouvaient sûrement pas m'entendre.

— Duchesse, ai-je insisté, il y a un type en costume…

Je suis montée en haut des marches pour mieux observer l'assemblée. Et là, je me suis rendu compte que la moitié des gens correspondaient à la description que je venais de faire.

— En costume noir… ai-je précisé. Aux cheveux blancs ébouriffés, aux gros sourcils… portant une moustache.

L'Agent Morgan a réalisé qu'il est très difficile de poursuivre quelqu'un sur des talons vertigineux et un sol glissant.

Tandis que l'orchestre jouait et que les gens buvaient, j'ai aperçu de nouveau l'individu, près du train. Sa façon de se déplacer me disait quelque chose, et j'ai eu l'impression de me retrouver dans cet hôtel de Boston à écouter chanter la délégation du Texas.

Tante Abby se tenait à proximité du dernier wagon, à quelques mètres de Macey. L'homme aux cheveux blancs se rapprochait d'elles.

Je me faisais peut-être des idées, mais il me semble que personne n'est prêt à payer une entrée aussi cher pour ensuite partir au milieu de la cérémonie.

J'ai essayé de me frayer un chemin aussi vite que possible en m'efforçant A) de ne pas tomber, B) de ne pas attirer l'attention. Et j'y arrivais plutôt bien... jusqu'à ce qu'un serveur lâche son plateau juste devant moi. J'ai sauté sur le côté pour éviter les flûtes de champagne... et je me suis retrouvée nez à nez avec Preston.

— Oh, je suis désolé ! s'est-il exclamé en m'attrapant par le bras comme si j'étais sur le point de m'étaler par terre.

Ce qui ne risquait pas d'arriver : à la Gallagher Academy, on sait toutes comment ne pas perdre l'équilibre.

— Ça va ? a-t-il demandé.

— Oui, merci.

— Nous nous sommes déjà rencontrés, n'est-ce pas ?

Malgré ma longue perruque brune et ma robe moulante, Preston me regardait comme si mon visage lui était familier.

— Non, je ne crois pas, ai-je répliqué avec un accent du Sud.

Pendant ce temps, l'homme que je filais était en train de s'engouffrer dans le tunnel d'où le train avait émergé.

L'Agent Morgan a regretté de ne pas avoir emporté les patchs bourrés de tranquillisants du docteur Fibs, ainsi que des pansements pour soulager ses talons.

Le père de Preston, debout sur le dernier wagon, haranguait la foule. Mais, moi, j'étais trop occupée à écouter d'autres personnes pour prêter attention à son discours.

— Vous étiez au meeting d'Atlanta, pas vrai ? demandait un garçon devant moi.

— Hé, les filles ! soufflait Bex dans mon oreillette, vous ne devinerez jamais qui je viens de voir ! C'est...

Un grésillement a remplacé la voix de mon amie, et j'ai failli hurler dans mon micro comme une débutante pour essayer de me faire entendre.

— Je suis certain de vous connaître, a insisté Preston sans remarquer mon air paniqué. Aidez-moi à me souvenir.

J'aurais pu inventer un bobard, bien sûr. Mais je ne m'en serais peut-être pas sortie aussi facilement. Du coup, je me suis rabattue sur la dernière carte de toute élève de la Gallagher Academy. Je me suis mise en mode drague.

— Je suis navrée, ai-je lancé en battant des cils. La proximité d'un bel homme me fait toujours perdre mes moyens.

— Euh... a répliqué Preston, mal à l'aise. Un bel homme ?

— Oh oui ! ai-je répondu avant de lui tâter le biceps. Vous avez l'air encore plus musclé qu'à la télé.

— C'est que... je fais un peu de muscu...

— Ça se voit !

La voix de Bex, dans mon oreillette, était entrecoupée de parasites. De toute façon, j'avais un problème plus important à régler. Il fallait coûte que coûte que je me débarrasse de Preston avant qu'il ne comprenne qui j'étais.

— J'adore votre costume, ai-je continué. Même si celui que vous portiez à Boston n'était pas mal non plus. Cela dit, je crois que je préfère celui-ci.

J'allais continuer mon baratin quand Preston a indiqué du doigt ses parents, dans la foule.

— Euh… écoutez. On a besoin de moi, je crois.

— Oh, mais… ai-je protesté tandis qu'il s'éloignait.

— Merci pour votre vote ! a-t-il crié en se retournant.

J'avais déjà pivoté sur mes talons.

— Duchesse ! ai-je appelé tandis que je me rapprochais de la voie ferrée.

J'avais deux solutions. Soit j'allais prévenir ma tante, et je prenais le risque qu'elle raconte tout à ma mère. Soit je suivais seule le suspect dans le tunnel obscur en sachant que je ne pourrais compter que sur moi-même.

Je n'ai pas mis longtemps à me décider : j'ai choisi l'option qui m'effrayait le moins – la deuxième.

Quand je suis entrée dans le passage, les cris de la foule se sont aussitôt atténués et mon oreillette s'est mise à grésiller. Mes talons étaient à peine audibles sur le sol – je faisais de mon mieux pour les poser sans bruit. Mais mes précautions se sont avérées bientôt inutiles. Parce que, soudain, une main s'est plaquée sur ma bouche, un bras m'a enserré la taille, et mes pieds ont glissé hors de mes chaussures.

— Hé, Caméléon, comment ça va ? a lancé la voix de Bex dans mon oreille.

Ma première pensée a été d'essayer de me débarrasser de mon assaillant. La seconde, de comprendre comment je pouvais entendre la voix de mon amie alors que mon oreillette ne fonctionnait plus, dans ce tunnel.

Les bras m'ont relâchée, et je me suis retournée vers mon agresseur – qui n'était autre que… Bex.

— Qu'est-ce que tu fais là ? ai-je demandé.

Elle a souri avant de répliquer, les yeux brillants :

— Devine qui est venu aussi ? De Roseville ?

— On est en week-end, Bex. Garde tes interros pour plus tard.

Elle m'a fait pivoter sur moi-même.

— Regarde !

Mes yeux se sont posés sur Joe Solomon, et ont refait surface les mêmes questions que la première fois où je l'avais vu. D'où sortait-il ? Pourquoi se trouvait-il là ?

— Il est trop beau dans son costume… a commenté Bex.

Mais ce n'était pas le moment de s'extasier sur notre prof. On avait d'autres chats à fouetter.

Parce qu'il n'était pas seul.

— Oh, mais il a un ami encore plus canon que lui, on dirait, s'est moquée Bex.

L'individu aux cheveux blancs et aux sourcils broussailleux se tenait devant lui. Et il n'y avait pas de quoi rire.

Les deux hommes se sont parlé quelques minutes, puis M. Solomon s'est éloigné en marchant tantôt vite, tantôt lentement – une technique de contre-surveillance qui permet d'entendre d'autres bruits de pas et de vérifier qu'on n'est pas suivi.

Bex m'a lancé un clin d'œil, visiblement prête à relever un nouveau défi. Puis elle s'est mise à filer notre prof, à bonne distance de lui. Quant à moi, je n'arrivais pas à quitter l'autre individu des yeux.

Un individu que M. Solomon connaissait.

Un individu qu'il semblait respecter.

Un individu qui avait le don de se trouver constamment sur le chemin de Macey – et le mien.

Je ne sais pas ce qui m'a mis la puce à l'oreille. Peut-être le fait que Bex avait dit en riant qu'il était encore plus canon que M. Solomon. Ou sa façon gracieuse de se mouvoir, qui n'allait pas tellement avec ses cheveux blancs et ses sourcils. Quoi qu'il en soit, j'ai repensé tout à coup à Art et à ce que notre prof d'opérations secrètes nous avait expliqué : l'art du camouflage est simple, il suffit de quelques accessoires pour devenir quelqu'un d'autre.

J'ai de nouveau fait défiler dans mon esprit mes souvenirs de Boston. L'impression de déjà-vu était encore plus forte, maintenant, et les pièces du puzzle se sont mises en place une par une. J'ai fermé les paupières, et j'ai reconnu les yeux sous les sourcils broussailleux, la bouche sous la moustache.

— Zach ! ai-je murmuré.

D'un côté, même si je sais très bien que les pensionnaires de Blackthorne sont des experts dans l'art du camouflage, j'étais un peu vexée de ne pas avoir reconnu Zach. Après tout, je l'avais côtoyé tout un semestre.

De l'autre, j'étais soulagée de constater que je n'étais pas folle ni obsédée par Zach. Je l'avais réellement vu à Boston, et c'est pour ça qu'il avait hanté mon esprit, ce jour-là. Le problème, c'est qu'il me filait bel et bien.

Les agents du Secret Service gardaient la sortie du tunnel, mais une petite porte était ouverte dans un des wagons. Zach s'est tranquillement dirigé de ce côté. La seconde d'après, il avait disparu.

Bex suivait toujours M. Solomon, à quelques mètres devant moi. Dès qu'elle aurait quitté le tunnel, elle mettrait Liz au courant de la situation.

Un filet de vapeur sortait du train, et j'ai entendu le bruit métallique d'une machine qu'on actionnait. Le véhicule n'allait pas tarder à partir.

Je n'avais pas le temps d'hésiter. J'ai sauté à bord.

CHAPITRE 19

En plus d'avoir appris qu'il faut toujours penser à emporter une deuxième paire de chaussures dans ce genre de mission, j'ai compris quelque chose de très important, ce jour-là. Il ne faut jamais filer quelqu'un dans un train en marche.

Surtout lorsque votre tante, une de vos meilleures amies (qui ne sait pas que vous êtes là) et trente-sept membres du Secret Service s'y trouvent.

Les dix-sept wagons aux allées étroites grouillaient de gardes du corps armés jusqu'aux dents et de membres de l'équipe de campagne. Du coup, j'ai baissé la tête pour descendre l'allée, essayant de garder à l'esprit cette règle simple : quand vous vous retrouvez dans un endroit où vous n'êtes pas censé être, faites-vous passer pour quelqu'un d'autre.

J'ai saisi un porte-bloc qui traînait par là et continué à arpenter le couloir, cette fois d'un pas assuré. Lorsque le train a démarré, j'ai souri de toutes mes dents, comme si j'étais ravie de participer à un événement qui allait marquer l'histoire.

Je pouvais tomber sur Zach à tout moment et, vu son habileté à se métamorphoser, il pouvait ressembler à n'importe qui.

— Hé ! Où allez-vous ? m'a demandé un des chargés de campagne.

— Apporter un discours au Paon, ai-je lancé d'un air scandalisé, les yeux sur mon porte-bloc.

— Oh, très bien ! Compartiment 14, a-t-il indiqué en pointant l'index vers le wagon suivant. Bon courage !

D'après son ton moqueur, Macey continuait sans aucun doute à tenir à la perfection son rôle de fille à papa pourrie gâtée…

En ouvrant la porte située entre les deux wagons, je ne savais pas du tout à quoi m'attendre. Mais je n'ai pas tardé à comprendre que je venais de faire la plus grosse erreur de ma vie. Derrière moi, une voix familière a annoncé :

— Le Paon a quitté son compartiment.

J'étais loin de l'Academy, affublée d'une minirobe noire, et ma tante se dirigeait droit vers moi !

Sur ma gauche, le compartiment portait le numéro 14. J'ai collé mon oreille à la porte. Rien. Actionné la poignée. Verrouillée, bien sûr.

— D'accord, a lancé la voix d'Abby, beaucoup plus près, cette fois.

J'étais désespérée.

— Mademoiselle McHenry ? ai-je appelé après avoir frappé. Vous êtes là ? Pourrais-je vous parler ?

— Oui, a dit ma tante. Un périmètre de cent vingt mètres devrait être largement suffisant.

Il y avait urgence, maintenant. J'ai saisi une épingle logée dans mes cheveux pour essayer de forcer la serrure.

Elle a cédé juste au moment où Abby émergeait de la foule, et je me suis engouffrée dans le compartiment plongé dans le noir.

Quelqu'un a aussitôt tenté de m'attraper, mais je l'ai évité.

Puis une main m'a saisie par les cheveux – ou plutôt par la perruque, que j'ai sentie glisser de ma tête. Dehors, ma tante continuait de parler dans son micro, toute proche maintenant.

Une petite lumière s'est allumée. Zach a jeté un regard perplexe sur mon couvre-chef, puis m'a dévisagée.

— Tu n'es pas censée être là, Gallagher Girl, a-t-il décrété.

Et, pour une fois, il ne souriait pas. Au contraire, il semblait furieux. Comme je ne l'avais jamais vu.

J'ai mis quelques secondes à me remettre du choc. Puis j'ai explosé de colère.

— C'est *toi* qui me dis que je ne devrais pas être là ? ai-je rétorqué.

Même si ma tante et la moitié du Secret Service des États-Unis se tenaient à quelques pas, c'était plus fort que moi, il fallait que ça sorte.

— C'est un terrain dangereux, a-t-il répliqué.

— Au cas où tu ne l'aurais pas remarqué, j'ai pris mes précautions.

Malheureusement, le train a fait une embardée juste à ce moment et, malgré mon entraînement de super-espionne, j'ai perdu l'équilibre et je me suis retrouvée dans les bras de Zach.

J'ai eu beau essayer de me dégager, il me tenait fermement. Dans le couloir, les voix se sont tues un instant.

— Chuuut, a-t-il murmuré.

Et puis, ce que j'appréhendais le plus est arrivé : il m'a regardée comme s'il voulait m'embrasser.

Mais il ne s'est rien passé.

— Joli déguisement, a-t-il finalement commenté en se déridant.

— Le tien n'est pas mal non plus. Mieux que celui que tu portais à Boston…

Les secondes suivantes m'ont semblé durer une éternité. Tandis que Zach me serrait toujours contre lui, j'ai vu son visage changer plusieurs fois d'expression. Il a d'abord paru dubitatif, puis sous le choc, et enfin hésitant.

— Oui, je…

Quelqu'un a alors frappé à la porte, et je lui ai jeté un regard affolé.

— Monte là-dedans, a-t-il soufflé en indiquant les couchettes rabattables au-dessus de nos têtes.

Les coups ont redoublé, et une voix a crié :

— Qui a la clé de cette porte ?

Quand elle s'est ouverte, Zach et moi, on était devenus invisibles.

— Qu'est-ce qui se passe ? ai-je murmuré dans le noir.

Il avait passé son bras autour de ma taille, et je sentais son souffle chaud sur ma nuque.

Au-dessous de nous, tante Abby disait :

— Ça m'est égal, Macey. Vous devez attendre ici.

— T'étais à Boston, pas vrai, Zach ? ai-je chuchoté.

— Chuuut, a-t-il répété en m'attirant un peu plus contre lui.

Une autre voix a retenti dans le compartiment :

— Tu sais, on m'a fait beaucoup de compliments sur mon costume, aujourd'hui.

C'était Preston.

Pendant qu'il continuait à jacasser, j'ai réfléchi à toute allure à un tout autre sujet.

— C'est comme ça que tu as su pour le vide-linge, ai-je sifflé entre mes dents. Qu'est-ce que tu fichais là, Zach ?

— Je t'expliquerai plus tard, a-t-il répliqué d'un ton ferme.

— Et ne me dis pas que c'est parce qu'on était en danger…

— Tu veux faire une sieste ? a-t-il murmuré.

— D'ailleurs, pendant qu'on y est, pourquoi t'es là, aujourd'hui ?

— Je pourrais te retourner la question, Gallagher Girl. S'il ne valait pas mieux qu'on se taise.

Ce qui, effectivement, était une bonne idée, vu que les voix avaient cessé. Macey et Preston ne discutaient plus, mais je savais qu'ils étaient toujours là. Parce qu'ils faisaient du bruit. Un bruit que je reconnaissais. Celui que les gens font quand ils s'embrassent.

Et c'était la dernière chose à laquelle je voulais penser, à ce moment-là.

— De quoi vous parliez, tout à l'heure, M. Solomon et toi ?

Zach ne semblait pas troublé par le bruit des baisers, parce qu'il m'a lancé d'un ton sec :

— Je crois que tu n'as pas tout compris.

Il m'a obligée à me retourner, et nos visages se sont retrouvés à quelques centimètres l'un de l'autre.

— Ce genre de mission est très risqué, Cammie. C'est…

— J'ai très bien compris, merci. Surtout depuis le jour où je me suis réveillée avec une commotion cérébrale.

— Tu n'aurais pas dû venir, a-t-il répliqué doucement.

— Et toi, alors ?

— Écoute, ce n'est pas une mission pour…

— … une fille ?

Le train pouvait bien fourmiller de gardes du corps, ma voisine de chambre et le fils du futur président s'embrasser pendant des heures juste en dessous de nous, et le monde s'écrouler… ça m'était complètement égal. Je devais mettre les points sur les «i» avec Zach.

— … une débutante ? ai-je continué. Eh bien, dis-moi ! Qu'est-ce que je ne suis pas et que toi tu es ?

Mes yeux avaient dû s'habituer à l'obscurité, parce que, à présent, je distinguais presque son visage. Il m'a regardée en murmurant :

— Je suis quelqu'un qui n'a rien à perdre.

J'ignore ce qui aurait pu se passer après. J'aurais peut-être crié. Ou peut-être abandonné. Ou, au contraire, continué à poser des questions.

Mais je ne le saurai jamais. Parce que, juste au moment où Zach m'a effleuré le visage, le fond de la couchette s'est dérobé. J'ai atterri par terre comme un sac de ciment sous le regard ébahi d'une de mes meilleures amies, Zach étalé sur moi.

— Ben ça alors ! C'était pas prévu dans mon programme, s'est-elle exclamée.

Cela dit, on avait évité le pire : Preston avait disparu. C'est en tout cas ce que j'ai constaté après avoir repris mes esprits.

— Mademoiselle McHenry ! a crié quelqu'un de l'autre côté de la porte. Est-ce que tout va bien ?

J'ai levé les yeux vers Macey. Zach était toujours allongé sur moi, sa jambe prise dans la bretelle du sac à dos de mon amie. Un plateau-repas gisait sur le sol.

Macey nous a dévisagés d'un air bizarre, comme si elle hésitait à ameuter tout le train. Un sourire a éclairé sa figure. Elle savourait visiblement ce moment.

— Oui, a-t-elle finalement répondu. J'ai juste renversé un plateau.

— Voulez-vous qu'on vous envoie un…

— Non ! Je veux rester seule ! Est-ce que c'est si difficile à comprendre ?

Les bruits de pas se sont éloignés.

Macey s'est laissée tomber sur une banquette pendant que Zach et moi on essayait tant bien que mal de se relever.

— Salut, Zach, a-t-elle dit en balançant sa jambe droite dans le vide.

— Salut, Macey, a-t-il répliqué d'une voix posée.

On aurait pu croire que ça lui arrivait tous les jours de tomber du plafond pour atterrir dans la chambre d'une célébrité.

— Désolé de te déranger, mais Cammie tenait absolument à se retrouver seule avec moi.

Je lui ai donné un coup de poing dans le bras.

— Tu sais que, si tu continues, tu vas arriver à me faire mal, a-t-il repris à mon intention. Et je te connais, tu risques d'avoir des remords.

— Tu pourrais être honnête, pour une fois, ai-je rétorqué. Tu…

— Excusez-moi de vous interrompre, les amoureux, est intervenue Macey, mais Abby devrait revenir d'ici à peu près deux minutes, alors je vous conseille d'abréger.

Je m'attendais à ce que Zach proteste en entendant Macey nous qualifier d'« amoureux ». Eh bien, pas du tout. Il s'est contenté de se tourner vers mon amie pour la remercier. Puis il a regardé par la fenêtre et a annoncé :

— C'est là que je descends, de toute façon.

Pourtant, le train ne semblait pas prêt à s'arrêter – ni même à ralentir.

— Tu peux jeter un coup d'œil dans le couloir, Macey ? a-t-il demandé.

Celle-ci a ouvert la porte pour inspecter l'allée.

— Monsieur l'agent ! a-t-elle appelé en voyant un garde planté à quelques mètres. Je peux voir votre arme ?

L'homme a secoué le menton de droite à gauche avant de se détourner, et Zach en a profité pour se faufiler dans l'allée et se diriger vers la porte, au fond du wagon. J'ai voulu le suivre, mais il a pivoté vers moi en disant :

— Au fait, Gallagher Girl, promets-moi une chose.

Il faisait nuit noire, maintenant, et le train roulait encore plus vite. Zach s'est approché de quelques pas, puis a caressé l'endroit où mon bleu s'étalait peu de temps auparavant.

— Prends garde à toi.

Quand il a ouvert la portière qui donnait sur l'extérieur, le bruit du train sur les rails est devenu assourdissant. Zach a étendu ses bras, prêt à se jeter dans le vide – juste à ce moment-là, l'engin traversait un ravin. Il m'a lancé un dernier regard, puis a disparu dans la nuit.

— Bon, a commencé une voix derrière moi.

J'ai pivoté sur mes talons pour découvrir Macey, qui affichait une mine désolée, et tante Abby, qui, elle, semblait sous le choc.

— J'imagine que c'est lui, l'homme de ta vie, a commenté celle-ci.

CHAPITRE 20

Si vous êtes démasqué au milieu d'une mission, vous pouvez toujours vous en sortir. À condition d'avoir préparé une histoire crédible pour expliquer votre présence. Ou bien d'accuser quelqu'un à votre place. Sinon, il vous reste la fuite.

Mais on était dans un train en marche, et je n'avais pas de parachute, contrairement à Zach.

Tante Abby continuait à me dévisager. Cette fois, elle ne souriait pas, c'était le moins qu'on puisse dire. Elle me foudroyait littéralement du regard.

— Assieds-toi, m'a-t-elle ordonné après m'avoir reconduite dans le compartiment 14.

J'ai obéi, et Macey est venue s'installer à côté de moi, sur la couchette, pendant que ma tante arpentait la pièce.

— Tu te rends comptes de ce que tu as fait ? Tu sais ce qui aurait pu se passer ? Un garde du corps aurait pu te tomber dessus… Tu aurais pu attirer l'attention d'un journaliste de la télé… Après ce qui vous est arrivé à Boston, je pensais que tu avais retenu la leçon !

— Et moi, je croyais que les règles étaient faites pour être contournées, ai-je rétorqué avec une pointe de colère. Surtout quand on est un espion.

— Un espion ne prend pas de risques insensés !

Tandis que ma tante se penchait vers moi, les secousses du train se sont accentuées.

— Crois-moi, Cammie, personne n'a envie d'apprendre ça à ses dépens.

Elle n'avait plus rien à voir avec l'ancienne élève joyeuse de la Gallagher Academy que j'avais vue danser et rire dans le bureau de ma mère – un personnage qu'elle jouait parmi d'autres, sans doute.

— T'étais où quand papa est mort ? ai-je demandé tout à coup d'une voix chevrotante.

Mes yeux se sont embués malgré moi. Je me suis mise à trembler de tout mon corps, et ça n'était pas dû aux secousses du train.

— Tu n'es même pas venue à son enterrement ! ai-je crié. Tu n'as pas appelé ! Tu n'es pas venue nous voir ! Depuis qu'il est mort, tu joues au fantôme !

Abby m'a tourné le dos pour se diriger vers la porte. Mais c'était plus fort que moi, il fallait que les questions que je me posais depuis si longtemps sortent enfin.

— Pourquoi tu n'étais pas là quand on a eu besoin de toi ? ai-je lancé, en pleurs.

Elle a répliqué d'un ton radouci :

— Cammie, tu n'as donc pas compris que, parfois, il y a des choses qu'il vaut mieux ne pas savoir ?

Le train a ralenti, et elle a fait un pas de plus vers la porte, avant de murmurer :

— Reste loin de ce garçon, Cammie. S'il te plaît.

— Zach ? s'est étonnée Macey. Mais... c'est un élève de Blackthorne. On le connaît !

Abby m'a regardée. Puis elle m'a lancé un sourire triste.

— Tu crois vraiment le connaître, Cammie ?

J'adore notre manoir la nuit. Les ombres, dehors, sont si belles ! Elles reflètent notre monde, où rien n'est vraiment tout noir ou tout blanc. Plutôt gris, en fait.

— Qu'est-ce que tout ça peut bien vouloir dire ? s'est interrogée Liz ce soir-là.

Pendant que Bex déambulait dans notre chambre, je contemplais le parc plongé dans l'obscurité en pensant à ce que je venais de leur raconter.

— C'est dingue ! a commenté Bex avec une pointe d'envie. J'arrive pas à croire que Zach ait sauté d'un train en marche !

— Et moi, j'arrive pas à croire que tu te sois baladée comme ça, a déclaré Macey en examinant ma robe courte et mes talons hauts.

Je lui ai lancé un sourire forcé.

— Heureusement que t'as pas vu ma perruque...

— Abby était vraiment furieuse ? a demandé Liz.

J'ai acquiescé.

— T'inquiète pas, a voulu me rassurer Bex. Je suis sûre qu'elle ne te créera pas de problèmes. Ta tante est cool.

Ça, c'était elle qui le disait ! Elle n'avait pas vu la tête d'Abby quand elle était entrée dans le bureau de ma mère, pendant que Macey et moi on regagnait notre chambre.

— Qu'est-ce qu'il y a ? a demandé Bex en remarquant ma mine tourmentée.

— Il... ai-je commencé avec hésitation. Il ne m'a pas embrassée.

J'avais beau avoir été prise la main dans le sac par un membre du Secret Service et m'être fait très mal à l'épaule en tombant de la couchette, rien ne m'inquiétait plus que ce détail.

— Il ne s'est même pas moqué de moi. Et, quand j'ai réalisé que je l'avais vu à Boston…

— Quoi ? s'est étonnée Bex. Zach était à Boston ?

— En fait, j'ai toujours cru l'avoir vu à Boston… Mais je pensais que c'était… vous savez…

Liz et Bex se sont regardées d'un air de ne pas comprendre. Du coup, Macey a cru bon d'intervenir :

— Elle pensait qu'elle était tellement obsédée par lui qu'elle croyait l'avoir vu.

— Oooh ! se sont exclamées Bex et Liz d'une même voix.

— C'est un effet secondaire classique du baiser torride, a commenté Macey du ton d'un médecin qui explique les symptômes d'une maladie. Continue.

— Bref, quand j'ai compris qu'il se cachait sous ce déguisement, j'ai réalisé que je l'avais vu à Boston.

— Est-ce que t'es en train de sous-entendre qu'il te filait ? s'est étonnée Liz. Peut-être qu'il faisait juste comme nous – il surveillait Macey.

— Je ne vois pas pourquoi.

Dehors, la pluie s'était mise à tomber, et je n'ai pas pu m'empêcher de trembler.

— Il a peut-être deviné ce qui allait se passer, a suggéré Macey.

— Ou bien il faisait partie de vos agresseurs, a lancé Bex.

— Ou alors… a dit Liz, les yeux brillants, il voulait voir Cammie !

Donc, si on résumait les choses, un espion super-canon voulait soit me sauver, soit me kidnapper, soit me draguer. Et j'ignorais à quelle situation j'étais le moins mal préparée.

Pour un agent secret, rien n'est plus énervant qu'une pièce impénétrable derrière laquelle des gens murmurent sans que vous puissiez entendre un mot de leur conversation.

La porte de la directrice était fermée – et bien fermée. Et la salle insonorisée. J'ai pensé un instant au passage secret qui courait derrière. Mais pas question de l'utiliser, même si cela m'aurait permis de découvrir le sort que me réservait ma mère.

Pendant que les autres filles discutaient de choses et d'autres – comme de savoir si M. Smith avait autant de charme que M. Solomon avec sa nouvelle tête –, je ne pouvais pas m'empêcher de me demander quand le monde cesserait d'être une énigme pour moi.

Le dimanche soir, en me dirigeant vers le bureau de ma mère, j'avais toujours l'esprit plein de questions. Et, quand j'ai frappé à la porte, je savais que ce ne serait pas un rendez-vous ordinaire. La preuve, Macey se trouvait là.

Mon regard est passé de ma mère à ma voisine de chambre puis à ma tante. C'est sûr, ça allait barder. Mais ma mère s'est contentée de murmurer :

— Cammie…

Et j'ai deviné que ce serait pire que ce que j'avais imaginé. J'aurais préféré qu'elle se mette à hurler.

Quand la porte s'est refermée derrière moi, M. Solomon est apparu.

— Maman, je…

— Est-il exact que Liz et Bex ont testé un prototype du docteur Fibs pendant votre petite mission d'hier soir ? m'a interrompue ma mère.

D'après son expression, il valait mieux ne pas essayer de lui tenir tête.

— Oui.

— Parfait.

J'ai cru un instant qu'elle en avait fini, mais non, il ne fallait pas rêver.

— Cameron, as-tu enfin compris que la sécurité de Macey n'était plus ton problème ?

— Oui.

— As-tu enfin compris que les questions de sécurité sont bien trop importantes pour qu'on puisse s'en mêler sur un coup de tête ?

— Oui.

— Je t'ai fait confiance, Cammie.

Sa voix s'était radoucie, et j'ai su que le reste serait encore plus difficile à entendre.

— J'ai reçu un coup de fil de la mère de Bex, hier soir. Les Baxter voudraient que tu passes les vacances de Noël avec eux, à Londres.

— Ah bon ?

— Mais, si je découvre que tu es de nouveau sortie du manoir sans permission, tu n'iras pas. C'est clair ?

— Oui.

— Les derniers sondages sont très serrés, a-t-elle ajouté. Il est donc compréhensible que les McHenry veuillent que leur fille les accompagne aussi souvent que…

— Oh non !

— … possible, a continué ma mère, comme si elle n'avait rien entendu.

J'ai jeté un coup d'œil à Macey. Elle était encore plus calme que d'habitude.

— Ce que, bien sûr, nous ne permettrons pas.

— Vous voulez dire que je ne serai pas obligée d'y aller ? a demandé mon amie.

— Non, a répliqué M. Solomon. C'est trop dangereux. Nous voulons que vous restiez ici, chez vous.

Macey semblait avoir attendu ces paroles toute sa vie. Après ce qu'elle avait vécu, elle semblait soulagée de se savoir enfin en sécurité.

Notre professeur s'est dirigé vers la porte, et Macey et moi on s'est empressées de le suivre.

— Au fait, Cammie, a lancé ma mère.

Tandis que la porte se refermait derrière M. Solomon, ma tante et mon amie, ma mère s'est approchée de moi.

— Ne t'inquiète pas pour Macey. Le Secret Service est parfaitement formé pour veiller sur elle. Et ma sœur est la meilleure d'entre eux. Alors, ne te fais pas de souci.

— D'accord.

— Je le pense vraiment.

— Je te crois.

Et, pour une fois, c'était vrai.

— Tu sais, j'avais deviné que tu te cachais quelque part dans le compartiment avant que tu tombes de la couchette, m'a expliqué Macey en traversant la salle d'histoire.

En bas, dans le Grand Hall, les couverts s'entrechoquaient. Au lieu d'aller rejoindre nos camarades, Macey s'est assise en haut des marches, comme si elle n'avait plus la force de se tenir debout.

— J'ignore comment ça se fait, mais... j'ai senti ta présence, tu comprends ?

— Oui.

— Je n'ai rien entendu, pourtant. Des petits détails m'ont mis la puce à l'oreille, c'est tout. Comme le magazine qui n'était plus tout à fait à la même place, sur la banquette.

Elle m'a regardée.

— Je ne suis pas mauvaise pour observer ce genre de choses, en fait.

— C'est vrai.

— Quand ta mère m'a fait venir dans son bureau, j'ai cru que c'était pour me virer. Question d'habitude.

J'avais beau avoir l'impression de la connaître, c'était la première fois que je réalisais ce qu'elle devait ressentir. Les McHenry possédaient peut-être cinq maisons, mais elle n'avait qu'un seul domicile : la Gallagher Academy. Et elle était peut-être l'héritière la plus célèbre du pays, mais Liz, Bex et moi, on était sa seule famille.

— Personne ne va te virer, tu le sais bien, ai-je dit en riant. Tu en sais trop, de toute façon. Au pire, on te tuera.

Macey a fini par sourire.

— Au fait, et Preston ? ai-je lancé.

Ça faisait un moment que je mourais d'envie de lui demander des explications.

— Alors, qu'est-ce qui s'est passé entre vous ?

— Tu sais qu'il suffit que je donne un coup de fil pour que des tueurs à gages viennent te liquider ?

J'ai attrapé la rampe pour me lever.

— Y a pas à avoir honte. Il n'est pas si mal, je trouve.

— Ils sont très doués pour faire croire à de banals accidents. Il n'y aura même pas d'enquête.

Macey s'est levée à son tour en concluant :

— D'ailleurs, tu es bien placée pour savoir que les relations secrètes sont les plus excitantes…

— Je ne te le fais pas dire.

CHAPITRE 21

Je me souviens encore du moment où j'ai découvert mon premier passage secret. Ça faisait trois jours que j'avais emménagé à la Gallagher Academy. Ma mère venait d'accepter son poste de directrice. Mon père venait de mourir. Et je venais d'arriver dans l'établissement dont j'avais entendu parler toute ma vie.

Je me promenais dans les couloirs en me demandant combien de temps il me faudrait pour me faire à l'idée que ma mère ne partirait plus loin de moi. Et surtout, que je ne reverrais jamais mon père.

Et puis, soudain, je m'étais arrêtée devant la bibliothèque. Une fenêtre ouverte laissait passer un souffle d'air, balayant la poussière sur le plancher. Mais, à un moment, les petits grains avaient disparu entre les lattes juste devant le mur, comme si celui-ci cachait un espace vide.

J'avais tâté la paroi pendant cinq bonnes minutes avant qu'elle s'ouvre et que je puisse m'engouffrer derrière.

Maintenant, j'en étais toujours au même point, à chercher une issue. Le problème, c'est que j'avais l'interdiction formelle de sortir.

AVANTAGES ET INCONVÉNIENTS D'ÊTRE PRIVÉE DE SORTIE DANS L'ENDROIT LE PLUS INCROYABLE DU MONDE

Avantage numéro 1 : C'est beaucoup plus facile d'empêcher votre amie de se faire kidnapper quand elle passe le plus clair de son temps dans votre chambre.

Inconvénient : Lorsque votre professeur de langage codé vous demande si vous pouvez relire son rapport de conférence un vendredi soir, vous ne pouvez pas prétendre que vous avez prévu d'aller au cinéma.

Avantage numéro 2 : Vu que vous n'avez plus le droit d'emprunter de passages secrets, vos chemises restent immaculées.

Inconvénient : Lorsque votre voisine de chambre décide de tester un nouveau système de moteur propre (celui d'un vieux minivan, par exemple), vous ne pouvez pas participer à l'expérience.

Avantage numéro 3 : Vous ne courez aucun risque de vous retrouver nez à nez avec le garçon qui vous suit partout.

Inconvénient : Vous n'avez aucune chance de vous retrouver nez à nez avec le garçon qui cherche peut-être à vous protéger.

Avantage numéro 4 : Vous avez tout le temps pour réfléchir.

Inconvénient : Parfois, vous aimeriez arrêter de réfléchir.

Pourquoi Zach n'avait-il pas essayé de m'embrasser ?

Bon, d'accord, il y a des mystères bien plus importants, et je ne pense pas que celui-ci aurait beaucoup intéressé la CIA. Mais ça ne changeait rien au fait que la question commençait vraiment à m'obséder.

N'allez pas croire que je me trouve irrésistible – je suis loin de l'être, je ne me fais aucune illusion là-dessus. Ça n'a rien à voir. Si je n'arrêtais pas de me poser cette question, c'est parce que je passais tous les matins devant l'endroit où il avait collé sa bouche sur la mienne. Et, tous les soirs, je dînais dans la pièce où on avait dansé.

Jour après jour, de nouvelles interrogations venaient me tourmenter :

1. Pourquoi Zach était-il venu à Boston ?

2. Qu'est-ce qu'il avait voulu dire en prétendant qu'il n'avait rien à perdre ?

3. Qui était derrière tout ça ? Et pourquoi ?

— Alors, t'as vérifié aujourd'hui ? ai-je demandé à Liz en sortant de notre cours de culture générale et de bienséance. Mme Buckingham m'a expliqué que le MI6 enregistrait chaque semaine une dizaine de nouveaux groupes terroristes dans sa base de données.

— Je sais, a répondu mon amie. Mais il n'y a toujours rien. J'ai comparé l'image de cette bague avec les informations du MI6, du MI5, de la CIA, de la NSA et du FBI. Crois-moi, il n'y en a aucune trace nulle part.

— Pourtant, je ne l'ai pas inventée ! ai-je crié, à bout de patience.

— Ma petite Cammie, a dit Bex. Est-ce que, par hasard, quelque chose te tracasserait ?

— Euh…

— Elle se pose toujours des questions à propos de Zach, a répondu Macey à ma place.

Décidément, elle m'étonnera toujours, celle-là ! Comment avait-elle deviné ce qui me préoccupait ?

— Ben quoi ? a-t-elle rétorqué en constatant que je la dévisageais d'un air ahuri. J'ai du flair, qu'est-ce que tu veux ! En plus, tu parles dans ton sommeil…

Effectivement, depuis que Zach et moi on était tombés de cette couchette, tout était chamboulé dans ma tête. Est-ce que j'arriverais un jour à comprendre les garçons ?

— Ce n'est quand même pas notre ennemi ! a fait remarquer Liz. On en a eu la preuve l'année dernière, non ?

J'avais l'impression d'entendre un scientifique refusant de revenir sur des faits qu'il avait cru prouver.

Mais Liz n'était pas dans le train. Elle n'avait pas vu la tête de tante Abby quand elle avait compris que Zach et moi on se connaissait. Tante Abby savait des choses sur lui que j'ignorais. De même que Zach savait ce qui s'était passé à Boston. Et, quelque part, quelqu'un connaissait la signification de l'emblème gravé sur la bague.

Pendant que Liz se dirigeait vers le laboratoire et que Macey se hâtait vers la salle de cours de M. Mosckowitz, Bex et moi on a pris l'ascenseur pour nous rendre au sous-sol numéro 2.

— Pourquoi est-ce qu'on se donne autant de mal ? me suis-je lamentée. De toute façon, il y aura toujours des gens plus forts que nous qui détiendront des informations classées top secret.

Bex a souri.

— Parce que, sinon, ce ne serait pas drôle !

Quand on est arrivées au bout de l'allée en spirale, elle s'est arrêtée et m'a regardée.

— Et puis, parce qu'il y a sans doute des choses qu'on n'est pas censées savoir…

— La motivation, a commencé M. Solomon tandis qu'on s'asseyait à nos places.

Ça faisait des semaines, maintenant, que je venais dans cette salle en tentant de lire les réponses à mes questions dans les yeux de notre professeur – à propos de Zach et de ce qui s'était passé dans le train, notamment.

— Voilà comment on appelle ce qui pousse les gens à agir.

La leçon avait beau être simple, je savais qu'elle était importante.

— On agit toujours pour une raison précise, mesdemoiselles : l'amour, la foi, la jalousie, l'ennui, la peur… a-t-il commencé en énumérant chaque mot sur le bout de ses doigts.

Il s'est arrêté un instant avant de terminer :

— Et la vengeance.

Quelle était la motivation des gens qui nous avaient attaquées sur le toit, Macey et moi ?

J'aurais bien aimé le savoir.

— Aujourd'hui, nous disposons de toutes sortes de gadgets – des oreillettes, des satellites. Pourtant, nous pratiquons un très vieux métier. Et les motivations humaines n'ont pas changé. Elles sont toujours au nombre de six.

M. Solomon s'est tourné vers le tableau, et je me suis concentrée de toutes mes forces sur ce qu'il venait de dire. Agrippée à la table, j'ai vu la pièce s'évanouir, et la vérité m'est apparue.

— Ils existent depuis très longtemps, ai-je murmuré en réalisant ce que je savais déjà sans avoir pu le décrypter.

— Qu'est-ce que tu racontes ? a demandé Bex.

Pour une fois, elle arrivait à peine à me suivre pendant que je me hâtais vers l'escalier principal.

— On avait faux sur toute la ligne !

— Cammie, qu'est-ce que…

— Évidemment que Liz n'a rien trouvé dans les bases de données. Ça ne sert à rien de fouiller là-dedans, même sur les cinquante dernières années. Même sur les cent dernières années. Bex, cette organisation ne date pas d'hier.

Une odeur de lasagnes flottait dans les couloirs, où nos camarades se pressaient pour aller déjeuner. En haut des marches, la salle d'histoire était déserte.

— Ils existent depuis très longtemps, ai-je répété, le doigt pointé vers le trésor le plus sacré de l'Academy.

CHAPITRE 22

— L'explication se trouve là-dedans, ai-je murmuré en tournant les pages du livre ancien que je venais d'ouvrir. Je suis passée devant cette épée des milliers de fois. Comment j'ai pu ne pas faire le lien plus tôt ? Quelle imbécile !

— T'y es pour rien, Cammie, a tenté de me rassurer Liz. Tu venais de recevoir un coup sur la tête.

J'ai parcouru les gravures du livre, sans un regard pour le président Lincoln ni pour la jeune femme armée d'une épée qui traversait avec grâce la salle de bal.

Ce qui m'intéressait, c'était l'homme étendu par terre, un pistolet tombé de sa main blessée, qui portait un fourreau vide sur la hanche. Cette fois, j'ai observé attentivement l'emblème gravé sur la garde de l'épée, à peine visible près de la main de Gilly.

— Voilà, ai-je conclu en approchant l'image de la lumière.

Liz a lu la légende à haute voix : « Gillian Gallagher tue Ioseph Cavan, fondateur du Cercle de Cavan. Virginie, décembre 1864. »

— Elle l'a tuée avec son épée à lui ! a commenté Bex, hébétée.

J'ai laissé tomber la photo satellite de la bague sur le livre ouvert.

— Ce sont les membres du Cercle de Cavan qui ont essayé d'enlever Macey, ai-je conclu.

— Ce qui signifie que ce Cercle… a commencé Liz.

— … est toujours en activité, a achevé Bex.

— Et qu'ils en veulent à notre amie.

J'avais toujours considéré l'histoire de Gilly comme une légende merveilleuse. Mais je comprenais maintenant quelle importance elle avait pour nous. D'après le livre, Gillian Gallagher avait ouvert son école juste après avoir terrassé son adversaire – peut-être parce qu'elle savait que la guerre n'était pas finie.

— Vous croyez qu'ils visent Macey… a commencé Liz avant de baisser la voix… à cause de son lien de parenté avec Gilly ?

J'ai jeté un coup d'œil à Bex : elle semblait aussi convaincue que moi.

Je savais à présent pourquoi ces gens détestaient notre Academy. Et s'en prendre à Macey, la dernière descendante de Gillian, était un moyen de se venger.

En regardant de nouveau la photo de la bague, j'ai songé à ce que Bex et tante Abby avaient dit. La femme qui nous avait attaquées n'aurait sans doute jamais porté un bijou qui aurait permis de l'identifier. Mais, maintenant, je voyais pour quelle raison elle l'avait passé à son doigt. D'ailleurs, ma tante avait fait une drôle de tête en me voyant observer le cliché, dans sa chambre. À présent, j'en étais sûre : elle savait depuis longtemps.

Les pièces du puzzle s'assemblaient une à une. Et la réalité qu'elles dessinaient était loin de me plaire.

Après cette découverte, j'ai compris que tout ce que je croyais savoir sur notre école était faux.

Et j'avais au moins une conviction : les livres de la bibliothèque ne racontaient qu'une partie de l'histoire.

Toute la semaine, j'ai essayé de garder pour moi les questions qui me brûlaient les lèvres. Qu'est-ce qui se cachait exactement derrière le Cercle de Cavan ? Que cherchaient ces gens ? Qu'était devenu leur groupe pendant cent cinquante ans ? Et surtout, est-ce qu'on pouvait en parler à Macey ?

Parce que je me voyais mal lui sortir : « Au fait, tu sais quoi ? Le type que Gilly a tué il y a plus d'un siècle a des admirateurs qui ne se sont pas remis de sa mort et qui veulent se venger sur toi. Ah oui, c'est vrai, je ne te l'avais pas dit : tu es l'arrière-arrière-petite-fille de Gillian ! D'ailleurs, c'est pour ça qu'on t'a acceptée à la Gallagher Academy ! »

— Et si on ajoutait une page dans son manuel qui lui expliquerait la vérité ? a proposé Liz en hindi, pendant qu'on mangeait nos macaronis au fromage dans le Grand Hall.

Autant vous avouer que cette idée ne me disait rien qui vaille.

— On ne devrait peut-être pas... ai-je commencé dans notre langue maternelle, malgré les professeurs qui rôdaient autour de nous pour vérifier notre accent hindi.

— Lui dire ? a demandé Liz.

— À sa place, je n'aimerais pas qu'on me cache ce genre de chose, a protesté Bex.

— Et moi... je... a marmonné Liz d'un ton hésitant. Je n'aimerais pas savoir. D'ailleurs, si c'était dans l'intérêt de

Macey, ta mère, Abby ou M. Solomon lui en aurait parlé, non ?

Liz avait raison, comme toujours. Et, pour une fois, ça ne me plaisait pas.

Bex et elle me dévisageaient, attendant que je tranche. Justement, Macey venait d'entrer dans la salle, au milieu des troisième avec qui elle partageait un cours d'autodéfense. Elle souriait, elle riait ; il n'y avait plus aucun signe de tristesse sur son visage, comme au lendemain de l'attaque. Pourtant, je savais que ses inquiétudes n'avaient pas complètement disparu, et je ne tenais vraiment pas à les voir ressurgir.

— Quoi de neuf ? a-t-elle demandé en s'asseyant à côté de moi.

Je ne savais pas du tout quoi lui répondre. Heureusement, M. Solomon a lancé juste à ce moment :

— Interrogation surprise ! Même si certaines d'entre vous à cette table ne font pas partie de ma classe, a-t-il commencé, il y a des choses auxquelles on ne peut pas échapper dans la vie. Alors, si vous ne voyez pas d'inconvénient à un petit travail supplémentaire, je vous demanderai d'aller toutes enfiler une tenue de tous les jours et de vous trouver dans le hall dans vingt minutes.

Ce n'est pas Liz qui aurait refusé, elle qui est toujours partante pour rendre des devoirs facultatifs.

Dix minutes plus tard, Bex, Liz, Macey et moi on dévalait l'escalier principal, tout excitées par la mission qui nous attendait.

Tante Abby, à l'entrée, lançait un petit sourire à toutes celles qui passaient devant elle. Mais, quand le tour de Macey est venu, elle a pris une mine sévère et son bras a bloqué le passage.

— Désolée. C'est trop dangereux pour vous.

J'ai adressé un coup d'œil plein de compassion à Macey, puis j'ai essayé de passer. Mais tante Abby n'a pas bougé.

— Je croyais que ta mère et toi aviez passé un accord...

Les pas de mes camarades s'éloignaient dans l'obscurité, et avec eux tous mes espoirs.

— Mais... je dois participer à un exercice ! ai-je protesté.

Ma tante a secoué la tête de droite à gauche.

— Je veux bien prendre des risques pour Macey, a-t-elle rétorqué. En revanche, je n'ai aucune envie de m'attirer les foudres de Rachel.

Bex et Liz s'étaient arrêtées, dehors, et observaient la scène, visiblement perplexes.

— Hé, ça va ? ai-je demandé en rattrapant Macey.

— Oui, très bien, a-t-elle répliqué.

Son sourire triste disait le contraire.

— Pas besoin de feindre la joie avec moi, tu sais. Je ne fais pas partie des électeurs potentiels de ton père. Je suis trop jeune pour voter, au cas où tu l'aurais oublié.

— Je suis... a-t-elle commencé d'une voix hésitante... en colère.

— Ah oui ?

— Et j'en peux plus de porter ce truc, a-t-elle ajouté en levant son bras plâtré. Ça me rappelle de trop mauvais souvenirs. Mais il paraît que ça fait grimper les sondages.

— Je vois.

— Et j'en ai vraiment marre... d'être Macey McHenry, a-t-elle expliqué d'un ton désespéré.

Elle s'est laissée tomber en haut des marches, et je me suis assise à côté d'elle.

— Ça pourrait être pire, tu sais, ai-je répliqué avec un sourire forcé. Tu pourrais être gauchère, me suis-je moquée.

Macey a ri.

— Ou coincée dans le bus toute une journée avec ma mère !

— Ou être carrément ta mère !

— Ou Preston ! Tu sais, j'ai vraiment hâte qu'on soit à mardi, pour que tout ça se termine.

C'était le moment de lui dire la vérité. De lui annoncer qu'elle ne serait pas plus tranquille le mercredi suivant, parce qu'elle serait toujours la descendante de Gillian.

— Qu'est-ce qu'il y a ? a-t-elle demandé en voyant mon expression.

J'hésitais encore à briser ses espoirs.

Je me suis levée pour arpenter la salle, ne sachant toujours pas si je devais parler ou non.

— Qu'est-ce que tu comptes faire, après ? ai-je demandé.

— Peu importe, du moment que tous les yeux ne sont plus braqués sur moi, a-t-elle repris. Je ne veux plus qu'on observe tous mes faits et gestes. Ni les gens quand je me balade en ville, ni mes parents. Ni personne.

Difficile de croire qu'une fille aussi belle que Macey ait envie de se cacher. Mais, s'il y avait une personne au monde à pouvoir la comprendre, c'était bien moi, le Caméléon.

C'est sans doute pour ça qu'elle m'avait choisie pour confidente. Et c'est sans doute pour cette raison que j'ai dit :

— Allez, viens.

CHAPITRE 23

Ce que je m'apprêtais à faire allait contre le règlement, et je le savais parfaitement. De même que je savais très bien que c'était de la folie. Mais ça valait peut-être le coup.

J'ignore exactement pourquoi je préfère passer inaperçue, mais, quand Macey et moi on s'est retrouvées au rez-de-chaussée, j'étais tout excitée. Une nouvelle fois, on était devenues invisibles ! Les yeux bleus de mon amie étaient cachés par des lentilles marron et de grosses lunettes. Des taches de rousseur ornaient son nez, et sa chevelure brune était dissimulée sous les boucles rousses d'une perruque. Ceux qui la croiseraient ce soir-là ne retiendraient d'elle que ses cheveux et ses lunettes.

Je me suis arrêtée devant la tapisserie ancienne qui représente l'arbre généalogique des Gallagher.

— T'es sûre de toi ? ai-je demandé à Macey.

Elle a passé la main derrière le tissu pour atteindre les armoiries sculptées dans la pierre et en actionner la petite épée. La porte de mon passage secret préféré s'est ouverte.

— Absolument.

Il ne se passe jamais rien à Roseville d'habitude, ou si peu. Ce soir-là, pourtant, des lumières scintillaient au loin et une lueur irisée s'étendait à l'horizon à mesure qu'on avançait, Macey et moi. Un bruit allait et venait. Une sorte de grondement – on aurait dit celui d'une rivière. Autour de nous, des gens sortaient des restaurants les bras chargés de couvertures pour se diriger vers le point lumineux.

— Qu'est-ce qu'on fait ? ai-je demandé à Macey, qui observait notre reflet dans la vitrine d'un magasin.

Visiblement, elle appréciait de se balader incognito.

— On n'a qu'à les suivre.

Deux hommes sont passés devant nous.

— McHenry ? a lancé l'un d'eux. Il n'est pas mieux que les autres.

Macey n'a pas bronché.

— Peu importe qu'il ait des attaches à Roseville, a-t-il ajouté.

— Ah oui, c'est vrai ! Sa fille est dans cette école !

C'est là que Macey a fait un truc que je ne suis pas près d'oublier. Elle s'est précipitée vers l'individu pour lui foncer dedans, avant de le regarder droit dans les yeux. J'ai retenu mon souffle en l'entendant dire :

— Excusez-moi.

— Non, c'est moi qui m'excuse, a-t-il répliqué.

Puis il s'est tourné vers son ami et a repris son chemin.

On avait beau prendre des risques énormes en venant ici, l'expression triomphante de Macey ne me faisait rien regretter.

Au coin de la rue, le drapeau national flottait, et j'ai compris d'où venait le bruit. Ce n'était pas une rivière, c'étaient les acclamations des supporteurs des équipes de foot.

Le stade de Roseville était niché à flanc de colline, à quelques mètres derrière nous. On s'est mêlées au flot de la foule et on a suivi la musique et les cris qui en provenaient. Sur la pelouse, des individus en uniforme tenaient de grosses balises orange, tandis qu'un coach criait des ordres que personne ne semblait entendre. Des pom pom girls s'agitaient à l'unisson, faisant voler leur jupe rouge à chaque mouvement.

Aux deux extrémités de l'allée qui circulait autour du terrain, les supporteurs des deux camps encourageaient leurs équipes respectives.

On passait devant le snack quand, tout à coup, Tina nous est rentrée dedans.

— Oh, pardon ! a-t-elle lancé avant de regarder Macey.

Elle m'a ensuite dévisagée, a ouvert la bouche, puis a secoué la tête comme si elle voulait chasser une idée ridicule.

— Euh... désolée, ai-je marmonné.

J'ai attrapé Macey par le bras pour l'entraîner loin de notre camarade.

Elle a planté ses yeux dans les miens, et j'ai lu dans son regard qu'elle venait de comprendre la même chose que moi : c'était cet endroit que M. Solomon avait choisi pour son « interrogation surprise ».

Près des toilettes, Eva discutait avec une femme ; le rire de Courtney a retenti à quelques pas de nous. Pour une fois, je n'étais pas du tout rassurée de me retrouver au milieu des autres élèves de la Gallagher Academy. Parce que, pour une fois, elles n'étaient pas dans mon camp. Et elles pouvaient à tout moment faire capoter ma couverture.

Macey et moi, on a continué à marcher d'un pas tranquille, en s'imprégnant de l'atmosphère, jusqu'à ce que je ressente une drôle d'impression. Je ne sais pas pourquoi, j'ai songé à cette journée à Washington et j'ai eu comme un flash.

— Il est là, j'en suis sûre, ai-je murmuré en balayant la foule du regard.

— Qui ça ?

— Zach.

— Comment tu sais ?

— Mon intuition.

Elle s'est tournée vers les gradins pour scruter la masse des supporteurs.

— Les élèves de Blackthorne sont peut-être en mission secrète eux aussi, a-t-elle suggéré.

J'ai secoué la tête.

— Oh, oh ! a-t-elle soudain lancé. M. Solomon droit devant.

Effectivement, non seulement notre professeur se trouvait là, mais il avait les yeux tournés dans notre direction. C'était tentant de faire demi-tour pour essayer de se cacher. Heureusement, Macey n'a pas bronché pendant que le regard de M. Solomon passait sur nous.

Tout à coup, je me suis figée. À quelques mètres derrière lui, un garçon me dévisageait.

Être reconnu pendant une opération secrète est une des pires choses qui puissent arriver à un espion. Même si c'est par ses camarades. Mais, le plus dangereux, c'est d'être démasqué par… son ex-petit ami.

— C'est pas… a commencé Macey.

— Josh, ai-je terminé.

J'avais un tas de raisons de ne pas paniquer. D'abord, parce que je ressemblais plus à Macey qu'à moi-même avec ma perruque brune, mes lentilles de contact bleues et mon jean moulant. Et surtout, parce que je suis la fille que personne ne voit.

Malheureusement, le seul garçon qui m'ait un jour remarquée se tenait à quelques mètres.

— Est-ce qu'il ne serait pas un peu plus musclé ? a demandé Macey en plissant les yeux derrière ses grosses lunettes. Il a l'air encore plus mignon.

J'aurais voulu ignorer Josh. Mais, quand il a pivoté pour s'éloigner, mes réflexes d'espionne – sans parler de mes réflexes d'ex-petite amie – ont pris le dessus : je l'ai suivi.

Pour un caméléon, filer un garçon aussi peu concerné par *Les Bases de la contre-surveillance* que Josh Abrams semble très facile. Pourtant, ça s'est avéré plus dur que prévu. Peut-être parce que j'étais en terrain inconnu. Peut-être parce que ce n'est pas évident de se frayer un chemin à travers une foule qui vous bouscule. Ou peut-être à cause de l'autre garçon qui venait de surgir de nulle part et me bloquait le passage.

— Qu'est-ce que tu fais ici, Gallagher Girl ? a lancé Zach.

— M. Solomon nous a donné un exercice pratique, ai-je menti. Et toi ?

— Je croyais que tu n'avais pas le droit de quitter l'école.

— Tu peux parler ! Tu n'as pas l'air de passer beaucoup de temps dans la tienne, en ce moment.

Il n'a rien répliqué – ce qui, d'après Macey, est une réaction typique à la fois des garçons et des espions.

— Je m'attendais à ce que tu essaies à nouveau de faire le mur, a repris Zach. Ne me dis pas que c'est pour ce Jimmy !

Il n'avait pas l'air de plaisanter.

— Josh, ai-je corrigé avant d'ajouter : Pas du tout.

Je n'avais pas besoin de le regarder pour savoir que celui-ci se tenait à quelques mètres, avec ses amis. Mais ce n'était pas ce qui me tracassait le plus.

— Est-ce que tu vas enfin me dire ce que tu fichais à Boston, Zach ?

Je me suis approchée de lui avec l'espoir qu'il se moque enfin de moi ou qu'il me sourie. Et surtout qu'il me dise quelque chose du genre : « C'est pour toi que je suis venu. » Mais il a reculé. L'année précédente, il n'avait pas cessé de me draguer – c'était moi qui avais fait la difficile. Apparemment, on avait échangé les rôles. Et le mien ne me plaisait pas.

— Viens, a-t-il dit en me prenant la main avec autorité. On va ramener Macey au manoir.

— Pas question.

— Très bien. Dans ce cas, je vais demander à M. Solomon ce qu'il en pense.

— Zach…

— Est-ce que tu sais seulement ce qui se passe ? a-t-il lancé d'un ton sec.

— Les membres du Cercle de Cavan en veulent aux Gallagher, Zach. Pas aux élèves de Blackthorne. Et je sais de quoi je parle, vu qu'à cause d'eux je me suis retrouvée dans un vide-linge. Alors arrête avec tes leçons !

Il a ouvert la bouche, mais je ne lui ai pas laissé le temps de placer un mot.

— Si les héritiers de Ioseph Cavan cherchent à en découdre avec l'arrière-arrière-petite-fille de Gillian Gallagher, il faudra d'abord qu'ils s'expliquent avec nous. Et autant te dire que tu n'es pas forcément inclus dans ce « nous ».

Les yeux fixés sur Zach, j'ai essayé de me débarrasser de l'impression désagréable de ne pas vraiment le connaître.

— Pourquoi je n'arrive pas à te faire confiance ?

J'aurais voulu l'entendre protester, et même me hurler dessus, mais, au lieu de ça, il a plongé son regard dans le mien et a avoué :

— Parce que je suis un imbécile.

Soudain, Macey est apparue juste à côté de nous. Et je me suis rendu compte qu'elle avait entendu toute notre conversation.

— Ma famille a des attaches à Roseville, c'est ça ? a-t-elle lancé en reprenant les termes de l'homme croisé dans la rue un peu plus tôt.

— Macey… ai-je commencé.

— Est-ce que ça veut dire que…

Si j'avais découvert que j'étais la descendante de Gillian Gallagher, j'aurais sauté de joie. Bex aurait trouvé ça supergénial. Et Liz aurait aussitôt mené des recherches pour savoir si l'art de se faire passer pour quelqu'un d'autre peut être héréditaire.

Macey n'a eu aucune de ces réactions.

— Tu le savais, pas vrai ? a-t-elle demandé, la voix tremblante. Depuis combien de temps ?

On ne ment pas à quelqu'un avec qui on a vécu plus d'un an et partagé des missions secrètes. Et puis, Macey avait bien le droit de savoir qu'elle était la seule Gallagher à avoir le sang de Gilly dans les veines.

— Oui, ma mère nous l'a dit l'année…

— « Nous » ? Alors, comme ça, la moitié de l'école est au courant ?

— Non ! Seulement Bex, Liz et moi. Ma mère nous a expliqué tout ça après ton arrivée, l'année dernière.

— Donc, je suis la descendante de Gilly ? a-t-elle repris d'un ton plus calme.

J'en ai profité pour me rapprocher d'elle.

— C'est pour ça qu'on m'a acceptée, a-t-elle deviné.

— Macey, ce n'est pas…

— … vrai ?

Sans attendre ma réponse, elle a tourné les talons pour se fondre dans la fanfare qui quittait le terrain.

— Macey ! ai-je crié.

— Cammie, a commencé Zach avant de me prendre la main.

— Pas maintenant, ai-je rétorqué en me dégageant.

Tout ce que je voulais, c'était retrouver Macey, ou au moins m'éloigner au plus vite de cet endroit.

Je me suis à mon tour frayé un chemin dans la foule sans cesser de jeter des coups d'œil autour de moi, guettant d'éventuels dangers.

À quelques mètres à ma droite, un type coiffé d'une casquette rouge s'est empressé d'acclamer les joueurs – mais avec une seconde de retard, comme si, l'instant d'avant, son attention était attirée par autre chose. Derrière les pom pom girls, deux femmes vêtues de manière un peu trop élégante pour assister à un match de foot observaient la masse des gens.

J'ai voulu appeler du renfort dans mon oreillette. Mais je n'avais ni oreillette ni renfort. Et Macey s'était évanouie dans la nature.

CHAPITRE 24

Jamais un trajet de retour ne m'a paru aussi long. Et, dans les heures suivantes, jamais le manoir ne m'a semblé aussi grand. Et jamais je ne me suis sentie aussi stupide que quand Bex, Liz et moi on en a fouillé les moindres recoins en espérant mettre la main sur Macey.

RAPPORT D'OPÉRATION SECRÈTE

Les Agents Morgan, Baxter et Sutton ont sondé la Gallagher Academy avec minutie en suivant scrupuleusement la méthode développée dans le manuel de l'Agent Sutton.

— Je suis sûre qu'elle est revenue, ai-je affirmé pour la énième fois. J'ai relevé ses empreintes dans le passage secret, et puis elle a laissé son déguisement près de la porte.

J'ai jeté un coup d'œil à mes deux amies en essayant de dissimuler ma panique.

— Je sais qu'elle est revenue !

Au lieu d'essayer de me rassurer, Bex a demandé :

— Elle était vraiment en colère ?

La bibliothèque était déserte à cette heure-ci – il devait être 5 heures du matin. Les braises, dans la cheminée, éclairaient faiblement la pièce. « En colère » n'était pas la meilleure expression pour définir l'état d'esprit de Macey.

— Pas en colère, ai-je répliqué. Plutôt…

— Anéantie, a suggéré doucement Liz.

— Oui, c'est ça, anéantie.

— Anéantie ? s'est étonnée Bex. C'est moi qui vais l'anéantir quand on la retrouvera. Quelle idée de te laisser tomber comme ça !

— Tu ne comprends vraiment rien, a déclaré Liz.

C'était la première fois que je l'entendais hausser le ton – et que je la voyais devenir toute blanche.

Même Bex a paru surprise.

— Vous ne savez pas ce que c'est, vous, a-t-elle continué, de faire partie d'une famille ordinaire. Toi, Bex, tu passes toutes tes vacances à filer des trafiquants d'armes et des terroristes avec tes parents.

Bex a commencé à protester, jusqu'à ce qu'elle réalise que Liz ne venait pas de l'injurier.

— Quant à toi, Cammie, ta mère est la directrice de l'Academy, ta tante est une légende vivante. Vous ne savez pas ce que c'est d'être… normale. Ni ce que ça fait d'entendre quelqu'un vous dire un jour que l'établissement le plus réputé du monde vous réclame.

Sa voix était devenue dure comme de l'acier.

— C'est vrai, j'ai toujours été bonne en classe, a-t-elle poursuivi. (L'euphémisme du siècle, sans aucun doute, mais je n'ai pas osé le lui faire remarquer.) On m'a toujours dit que j'étais intelligente, que je n'étais pas comme les autres. Mais Macey… personne ne lui a jamais rien dit.

J'ai réalisé tout à coup qu'on était les seules personnes dans l'entourage de Macey à ne pas la juger d'après les apparences.

— Il faut la retrouver, et vite ! a décrété Bex en se dirigeant vers la porte.

Mais j'avais déjà bondi de ma chaise pour me précipiter dans le couloir, soudain prise de panique. Pourvu que l'idée qui venait de me traverser l'esprit soit fausse !

— On a déjà cherché par là ! a crié Bex derrière moi.

J'ai accéléré le pas sans l'écouter, longeant les salles vides, avant de dévaler l'escalier menant au rez-de-chaussée – l'endroit où tout avait commencé.

En bas, le couloir était plongé dans l'obscurité. Mais je n'avais pas besoin de lumière pour guider mes pas. Je me suis précipitée sans hésiter là où ma mère nous avait emmenées un an plus tôt afin de nous apprendre les origines de Macey.

Après m'être arrêtée devant l'arbre généalogique de Gilly, j'ai eu du mal à reprendre mon souffle, tellement j'avais peur de ce que j'allais découvrir.

— Elle est forcément quelque part dans ce manoir, a déclaré Liz, qui venait de me rejoindre avec Bex.

Sans prendre le temps de lui donner des explications, j'ai soulevé un coin de la tapisserie pour actionner la petite épée.

— Peut-être dans la salle commune des troisième, a continué Liz.

Un pan de mur a glissé pour révéler le passage secret. Il n'y avait pas un bruit à l'intérieur. J'ai jeté un coup d'œil à l’endroit où Macey avait déposé son déguisement quelques heures plus tôt. Il avait disparu, de même que le mien.

— Elle est forcément ici. Elle ne peut pas être…

— … partie, ai-je achevé.

CHAPITRE 25

— Je vous écoute, a dit M. Solomon, assis sur la table basse dans le bureau de ma mère.

Je n'ai pas regardé une seule fois autour de moi. Ni écouté ma mère parler au téléphone et ma tante discuter sur une autre ligne. J'ai évité de croiser les yeux de Liz et de Bex, qui, installées près de la fenêtre, étaient en train de répondre aux questions de Mme Buckingham et de M. Smith. J'étais trop occupée à penser à Macey.

Au-dessus de nos têtes, les élèves se préparaient avant le petit déjeuner du samedi ; dans les chambres des première, la moitié de nos camarades devaient encore dormir. La nouvelle de la disparition de Macey ne s'était pas encore répandue, mais ce n'était qu'une question de temps.

— Je veux *tout* savoir, mademoiselle Morgan, a insisté notre professeur.

— La dernière fois que je l'ai vue, c'était hier soir.

— *Tout.*

— On est arrivées au centre-ville à 20 h 47… au stade.

Contrairement à ce que je pensais, M. Solomon ne s'est pas mis en colère. Il m'a simplement fait signe de continuer.

— On a vu Zach.

Est-ce que je rêvais, ou les traits de mon professeur avaient-ils tressailli ?

— Lui et moi, on a parlé du Cercle de Cavan, ai-je poursuivi.

Il a souri.

— Je savais que vous découvririez son existence tôt ou tard. Continuez.

— Macey nous a entendus. Elle n'avait aucune idée de son lien de parenté avec Gilly. Elle m'a demandé si c'était pour cette raison qu'elle avait été admise ici. Quand elle a su, elle s'est enfuie dans la foule et je l'ai perdue de vue. (Je n'ai pas osé affronter le regard de M. Solomon.) Je suis censée être un caméléon. Et pourtant, je n'ai pas été capable de la filer.

— Mademoiselle Morgan, a-t-il déclaré d'une voix douce, si certaines personnes s'enfuient, c'est parfois juste pour s'assurer qu'on les suit.

Puis il a paru reprendre son rôle de professeur.

— Est-ce qu'il manque quelque chose dans sa chambre ? a-t-il demandé.

— Son passeport.

— Pas de vêtements ? Pas d'argent ?

— Elle a une dizaine de cartes de crédit dont elle connaît les numéros par cœur.

M. Solomon a retenu un sourire.

— Elle a aussi le visage le plus célèbre du pays, mademoiselle Morgan. Ce ne devrait pas être très difficile de la retrouver.

Mais, en voyant mon expression, il est devenu grave.

— Qu'est-ce qui se passe ?

— Eh bien, vous vous souvenez de la fois où vous nous avez conduites dans cette salle remplie de déguisements ?

Ma mère et mes autres professeurs se sont tournés vers nous, et je leur ai énuméré les accessoires que Macey avait pris. Quand j'ai eu fini, ma mère a aussitôt décroché son téléphone en secouant la tête. Mais tante Abby, elle, ne semblait pas vouloir passer l'éponge aussi vite.

— Je me rends très bien compte de mon erreur, tu sais, ai-je lancé avant qu'elle n'ait pu ouvrir la bouche.

— Ah oui ? Et est-ce que tu te rends compte que, quand il faudra avouer la disparition de Macey à ses parents, tous les agents du Secret Service et la moitié du FBI viendront fouiller ce manoir de fond en comble ? Et que c'est sur moi que ça retombera ! Et Macey, tu y as pensé ? Elle est toute seule dehors, Dieu seul sait où…

— À New York ! s'est exclamée Mme Buckingham avant de reposer son téléphone. Une jeune fille correspondant à la description de Macey a acheté un ticket de bus pour se rendre à New York hier soir. Et une des cartes de crédit de sa mère a été utilisée pour réserver un jet privé en direction de la Suisse.

Tante Abby m'a lancé un regard.

— Sa famille possède une maison là-bas. Ça colle.

— Nous avons d'anciennes élèves qui se sont installées dans ce pays, a indiqué ma mère à Mme Buckingham. Pouvez-vous leur demander de mettre la main sur Macey avant qu'une équipe vienne la rapatrier ? Dites-leur bien que ce ne sera sans doute pas facile, étant donné qu'elle est l'une des nôtres.

Qu'est-ce que j'aurais donné pour que Macey entende ça ! Malheureusement, elle se trouvait de l'autre côté de l'Atlantique, en ce moment. Et, d'après l'expression inquiète que je lisais dans les yeux de ma mère, de toute évidence on n'était pas les seuls à la rechercher.

Quand Abby s'est dirigée vers la porte, Bex, Liz et moi on s'est hâtées de lui emboîter le pas.

— Quand est-ce qu'on part ? a demandé Bex.

— On ne part pas, a rétorqué ma tante. En tout cas, pas vous.

Dehors, le rotor d'un hélicoptère tournait. Abby a filé vers l'escalier principal avant de se retourner.

— Ne vous inquiétez pas, on la retrouvera saine et sauve, a-t-elle conclu. Faites-moi confiance.

Les jours suivants nous ont paru interminables. À croire qu'ils duraient plus de vingt-quatre heures chacun. Même Liz a commencé à remettre en question ce fait scientifique. Il faut dire qu'on passait tout notre temps à regarder par les fenêtres en espérant voir les grilles du manoir s'ouvrir pour laisser passer Abby et Macey.

Mais les portes restaient désespérément fermées. L'allée, vide. Et Macey, invisible.

Le lundi soir, j'avais l'impression d'être retournée dans le passé, quand, petite, j'attendais le retour de mission de mes parents. Je suis peut-être très forte pour disparaître, mais là, Macey me battait sur toute la ligne.

— Oh, désolée !

Tina Walters venait de me bousculer en grimpant les marches deux à deux. Le panneau lumineux, au-dessus de l'entrée du Grand Hall, indiquait qu'on devrait parler portugais pendant le repas, l'odeur qui flottait me disait qu'on mangerait des lasagnes, mais l'expression de Tina me faisait deviner que la classe des première n'avait pas très faim.

— Ça va, Cammie ? a-t-elle demandé.

J'ai acquiescé sans pouvoir me décider à la laisser passer.

— Tina, est-ce que… Est-ce que tu as des nouvelles ?

J'espérais qu'elle me raconterait une de ses histoires délirantes – par exemple, que Macey avait été aperçue en train de filer un ex du KGB à Bucarest. Au lieu de ça, elle a secoué la tête en répliquant :

— Aucune. (Elle a souri avec compassion.) Mais, comme on dit, pas de nouvelles, bonnes nouvelles. Et puis, tout le monde la cherche.

— C'est bien ça qui m'inquiète, ai-je commenté, les yeux tournés vers la lame tranchante de l'épée exposée dans la salle d'histoire.

Depuis le début, un détail me chiffonnait au sujet de la disparition de Macey.

— Elle a pris les deux déguisements, ai-je lancé tout haut quelques minutes plus tard en contemplant mon assiette.

— Quoi ? a demandé Bex, qui s'est penchée vers moi.

— Elle a emporté deux déguisements, ai-je répété. Le sien et celui que je portais.

Le visage de Bex s'est illuminé.

— Tu penses à la même chose que moi ?

J'ai hoché la tête, et on s'est levées d'un bond pour monter l'escalier au pas de course, Liz sur nos talons.

On filait vers le bureau de ma mère quand on s'est retrouvées nez à nez avec Mme Dabney, qui nous barrait le passage.

— Je dois voir ma mère ! ai-je lancé.

— Cammie, ma chère, j'ai bien peur qu'elle ne soit absente.

— Il faut que je la voie !

— Sans doute, mais, voyez-vous, la directrice a dû s'absenter pour expliquer au sénateur McHenry et à sa femme pourquoi ils devront attendre un peu pour revoir leur fille… en espérant que nous puissions la ramener de Suisse avant les résultats des élections, qui tomberont demain. Ses parents donneront une soirée à cette occasion et comptent sur sa présence.

Bex et moi, on a répliqué d'une seule voix :

— Macey n'est pas en Suisse !

— Qu'est-ce qui vous laisse penser ça ?

— Elle a pris deux déguisements, ai-je expliqué. Et ça fait trois jours que vous la cherchez en Suisse. Pourquoi est-elle introuvable, à votre avis ? Parce qu'elle n'est pas là-bas.

— Cameron, je comprends votre détresse, mais une jeune fille correspondant à la description de Macey a pris un avion pour la Suisse.

— Mais…

— Son passeport a été enregistré, m'a-t-elle interrompue. Elle se trouve bien là-bas. Et nous ne tarderons pas à la ramener, ne vous inquiétez pas.

On n'avait pas d'autre choix que de remonter dans notre chambre. Après avoir fermé la porte derrière nous, je me suis tournée vers Bex.

— Qu'est-ce que tu ferais à la place de Macey ?

— Je n'utiliserais pas ma carte de crédit ni mon passeport. C'est un comportement de débutante. Ce que Macey est loin d'être.

— Tout à fait d'accord, ai-je répliqué. Et, si j'avais le visage le plus célèbre du pays, je ne serais pas allée en Europe sans utiliser au moins un de mes déguisements.

J'ai jeté un coup d'œil à Liz, qui a haussé les épaules.

— Moi, je n'en sais rien, a-t-elle avoué. Les missions sur le terrain, c'est pas mon truc.

— Peut-être, mais tu connais Macey, a murmuré Bex.

Liz s'est installée sur son lit. Elle a paru se concentrer pour fouiller dans l'immense base de données de son cerveau. Mais la réponse n'y était pas. Elle se trouvait dans son cœur. Finalement, elle a pris une grande inspiration avant de répliquer :

— Je chercherais juste un endroit où je serais en sécurité.

Je me suis adossée à une des fenêtres en pensant à ce que Liz venait de dire. Puis à l'expression de Macey au milieu du stade. Je la revoyais frissonner sous le vent. Et j'ai su.

— Prends les clés du minivan, Liz, ai-je ordonné en me dirigeant vers mon placard.

— On va où ?

— Chercher Macey.

CHAPITRE 26

Je crois que personne, à la Gallagher Academy pour Jeunes Filles Exceptionnelles, n'avait jamais fugué avant Macey. Mais, le mardi matin, le nombre de fugueuses s'élevait à quatre.

Pendant que Bex conduisait et que Liz dormait à l'arrière, je réfléchissais sur le siège passager.

Pourvu que je retrouve le chemin ! Parce que le paysage avait bien changé depuis l'été. Les champs et les arbres étaient nus, maintenant. Et puis, la dernière fois que j'y étais allée, je n'avais pas les idées très claires, vu que je venais de recevoir un coup sur la tête.

Bex s'est engagée lentement sur une route goudronnée, jusqu'à un chemin étroit recouvert de gravier.

— Tourne là, ai-je indiqué.

Plissant les yeux pour scruter l'endroit à travers les arbres et la pâle lumière, Bex a demandé :

— C'est ici le lieu sûr dont tu parlais ?

— Oui. On ne peut pas trouver plus sûr : cette maison appartient à M. Solomon.

RAPPORT D'OPÉRATION SECRÈTE

Les Agents Morgan, Baxter et Sutton ont décidé de continuer la route à pied, étant donné que le propriétaire des lieux est un professionnel extrêmement bien entraîné (en plus d'être canon).

On s'est aventurées dans la forêt, à la recherche d'un détail familier qui me permettrait de nous orienter. Au loin, le toit d'une maisonnette se détachait, mais aucune fumée ne sortait de la cheminée. Les doutes ont commencé à m'assaillir. Et si ce n'était pas là que Macey s'était réfugiée ? Et si on arrivait trop tard ?

— Je me suis peut-être trompée d'endroit, ai-je lancé.

Au moment où j'allais de nouveau poser le pied par terre, Bex m'a tirée par le bras pour m'en empêcher. Un peu plus et je marchais sur un fil presque invisible. Une alarme, sans aucun doute.

— T'inquiète, c'est bien ici, a répliqué Bex.

Dans l'idéal, un agent secret se serait arrêté pour observer attentivement les lieux et réfléchir à un itinéraire sûr. Mais les circonstances sont rarement idéales quand vous avez une fille comme Liz dans votre équipe.

— Hé ! Qu'est-ce que vous… a-t-elle commencé avant de trébucher sur une pierre. Oups !

Elle a volé au-dessus du fil et a atterri la tête la première sur un tas de feuilles mortes, en haut d'une pente. Bex et moi, on s'est précipitées pour l'empêcher de glisser. Trop tard : Liz s'est mise à dévaler la colline, slalomant entre les détecteurs de mouvements qui quadrillaient le terrain de leurs rayons rouges.

— Elle va rentrer dans ce… s'est inquiétée Bex.

Mais, au lieu de heurter la souche dont Bex parlait, Liz a réussi à dévier sa trajectoire vers un buisson de ronces dans lequel elle a disparu.

— Liz ! ai-je crié.

J'ai couru dans sa direction, avant de déraper sur des feuilles humides. D'après le petit cri qu'elle a poussé derrière moi, Bex connaissait la même mésaventure.

Les branches des buissons m'ont fouetté le visage. J'ai basculé dans la boue, où mes mains se sont enfoncées, avant de rouler sur moi-même de plus en plus vite. Dans ma tête, j'entendais déjà hurler les sirènes d'une ambulance et je voyais déjà les secours arriver.

Finalement, je ne sais pas comment, je me suis arrêtée. J'étais couverte de terre et de feuilles décomposées. Soudain, j'ai senti quelque chose me heurter – Bex venait de me rentrer dedans. J'ai essuyé la boue qui me coulait sur les paupières, et deux longues jambes sont apparues devant moi.

— C'est pas trop tôt ! s'est exclamée Macey.

Les Agents ont décidé de saisir l'opportunité exceptionnelle qui s'offrait à eux : ils ont fouillé dans les moindres recoins la maison d'un espion hautement qualifié et découvert les éléments suivants :

— Une malle contenant des appâts, des cannes à pêche et des hameçons, des accessoires qui peuvent s'avérer très utiles pour mener un interrogatoire, même si ce sont des techniques illégales. (Après une inspection plus minutieuse, il s'est avéré que ces accessoires étaient sans doute vraiment utilisés pour la pêche.)

— Quatre tee-shirts blancs.

— Six paires de chaussettes rayées.

— Un couteau suisse.

— Quarante-sept cartes routières déclinées en seize langues.

— Aucune lettre d'amour, ni photo, ni calepin à la couverture griffonnée.

— Le plus incroyable des kits de premiers secours.

— Des croquettes pour chat ! a annoncé Liz en pénétrant dans une autre pièce.

Elle s'est empressée d'inscrire ce nouvel élément sur la liste avant de lancer :

— Je me demande ce que ça peut vouloir dire.

Pendant que Bex et Liz s'extasiaient sur les rideaux cousus main et les vitres dépourvues de protection contre les balles, je contemplais le dessus-de-lit en patchwork en essayant de me rappeler ce qu'avait dit M. Solomon la première fois que je m'étais retrouvée là. Et j'avais l'intuition qu'on ne dénicherait rien d'intéressant ici, malgré les efforts de Liz.

Finalement, on est sorties, Macey et moi, et on s'est dirigées vers le ponton du lac.

— Macey, ai-je commencé.

— On ne peut pas rester ici, je sais.

Les cabanes des agents de la CIA sont peut-être ultra-bien protégées, mais tous les espions savent que les choses ne durent qu'un temps.

— On peut retourner au manoir. Ou bien te déposer à la soirée de tes parents.

— Vous m'avez retrouvée facilement ? a-t-elle demandé, les yeux fixés sur la surface immobile du lac.

— Non. (Pour la première fois, elle m'a lancé un coup d'œil.) Je dirais même que tu nous as donné pas mal de fil à retordre.

Je me suis assise au bout du ponton.

— Mais on a fini par y voir clair. T'avais emporté ces deux déguisements. Le premier te permettait de te balader incognito. Le second de donner ton apparence à n'importe quelle autre fille, ai-je expliqué en pensant à la perruque brune que j'avais portée.

— Une fois qu'on a compris ça, a ajouté Bex, qui venait de nous rejoindre avec Liz, on n'a pas eu de mal à imaginer que tu avais offert un voyage en Europe à la première inconnue venue après avoir échangé ton passeport avec le sien.

— C'est comme ça que vous avez deviné… a commencé Macey.

— Pas deviné ! a protesté Liz. Su !

— Su… a repris Macey, que je n'étais pas en Suisse. Mais qu'est-ce qui vous a amenées jusqu'ici ?

— En fait, à ta place, c'est là que je me serais réfugiée, ai-je répliqué.

— Moi aussi, a renchéri Bex.

— Moi pareil, a lancé Liz.

Macey a éclaté de rire et, l'espace d'un instant, j'ai cru voir la surface du lac se rider sous son souffle.

— Est-ce qu'ils me cherchent toujours en Suisse ?

— Ils ont même élargi les recherches à tout le nord de l'Europe, a expliqué Bex avec un sourire jusqu'aux oreilles.

— Tu penses vraiment que ma mère t'a acceptée à la Gallagher Academy à cause de ta filiation avec Gilly ? ai-je demandé en commençant à me relever.

— Oui.

Je m'attendais tellement peu à cette réponse que, sous le choc, je me suis laissée retomber sur les planches du ponton.

Macey m'a adressé un grand sourire.

— Mais ce n'est pas pour cette raison qu'on m'a gardée... a-t-elle ajouté. Si ça se trouve, le fait que mon père devienne peut-être le prochain vice-président a joué en ma faveur, a-t-elle plaisanté.

— Ça, on le saura bientôt, a soufflé Liz. Les bureaux de vote sont ouverts depuis deux heures.

Les espions sont très doués pour faire semblant, et sur le trajet du retour, on n'a eu aucun mal à feindre que le pire était derrière nous. On a roulé fenêtres grandes ouvertes, en chantant à tue-tête. Les gens qui nous croisaient devaient se dire que Bex était vraiment une très mauvaise conductrice – elle pilait à tout moment et prenait les virages sans actionner son clignotant – alors qu'en fait elle appliquait les techniques de contre-surveillance de base.

— On l'a retrouvée, ai-je annoncé au téléphone dans le restaurant où on avait atterri, sur le bord de la route.

Il y avait un tel bruit, là-dedans, que j'ai pensé un moment que ma mère ne m'avait pas entendue.

— J'ai dit : on l'a...

— Très bien, professeur Buckingham, a répliqué ma mère à l'autre bout du fil.

J'ai voulu lui dire qu'elle se trompait, que ce n'était pas Mme Buckingham au téléphone, mais elle ne m'en a pas laissé le temps :

— Je suis *très* contente de vous entendre, Patricia. Nous nous demandions justement *où vous étiez passée*.

J'ai fini par comprendre qu'elle n'était pas seule.

— On arrive, ai-je expliqué sans vouloir entrer dans les détails. Tu sais, je suis désolée d'être partie comme ça. Mais

Mme Dabney ne nous a pas écoutées quand on lui a dit que Macey n'était pas en Suisse et…

— Bien sûr que tout est prêt ici. Si Macey a fini son devoir de biologie, le Secret Service la conduira à Washington *dans les meilleurs délais* pour rejoindre ses parents.

— Ils ne savent pas qu'elle a fugué, pas vrai ?

— Bien sûr que non. Nous avons assez de problèmes comme ça.

J'ai souri en pensant à la tête que devaient faire le sénateur et sa femme en ce moment.

— Ils doivent être furieux de ne pas avoir pu la récupérer quand ils l'ont voulu, non ?

— Je me suis occupée de tout, a répliqué ma mère d'un ton toujours parfaitement calme et enjoué.

Un poste de télévision diffusait les dernières nouvelles ; une carte du pays est apparue sur l'écran. Bientôt, chaque État y serait représenté en rouge ou en bleu.

— Cammie ! a crié Bex. Il faut y aller.

— Maman, ai-je dit tout à coup. Je t'aime.

À l'autre bout du fil, il y a eu un grand silence. Pendant un instant, j'ai cru que j'avais perdu la communication.

— Sachez que je ressens exactement la même chose, Patricia. Dépêchez-vous. Et surtout, *soyez prudente.*

Les Agents se sont préparés à pénétrer en territoire ennemi – la soirée officielle donnée par les Winters et les McHenry, pendant laquelle les résultats de la présidentielle seront dévoilés.

Les Agents Sutton et Baxter ont été ravis d'apprendre qu'ils devraient faire les boutiques en prévision de cette occasion.

Malheureusement, d'après l'Agent McHenry, il fallait éviter les vêtements trop beaux ou trop confortables.

J'avais beau avoir vécu à Washington avant d'emménager à la Gallagher Academy, ce soir-là, je reconnaissais à peine les rues bordées de camionnettes et de barrières métalliques. Et puis, j'avais l'impression d'être tout sauf invisible : non seulement j'étais au volant d'un minivan qui ne pouvait pas passer inaperçu mais, en plus, la fille la plus célèbre du pays était installée sur la banquette arrière, coiffée d'une perruque rousse.

En marchant jusqu'à l'hôtel, on a croisé des journalistes de la télévision, et j'ai pensé malgré moi à ce qui s'était passé à Boston. Je n'étais pas la seule, apparemment : à côté de moi, Macey a frissonné.

J'étais en train de me demander comment on allait se faufiler à l'intérieur, quand une voix familière a retenti au milieu du vacarme :

— Cameron !

Les Agents ont réalisé qu'il y a parfois plus effrayant que de tomber nez à nez avec des ravisseurs potentiels : vous faire repérer par votre mère, agent secret et directrice d'un établissement pour espionnes, qui découvre que vous avez quitté le pensionnat sans autorisation.

— Cammie ! a de nouveau appelé ma mère en se hâtant vers nous.

— Maman, je…

J'ai voulu m'excuser, mais les agents du Secret Service ne m'en ont pas laissé le temps : ils nous ont aussitôt encerclées. Enfin, *elles* nous ont encerclées, pour être exacte – c'étaient toutes des femmes. L'un d'entre elles m'a lancé un clin d'œil, et je me suis demandé si tante Abby était la seule Gallagher à être en mission spéciale pour l'école.

Ma mère, en revanche, n'avait pas l'air de plaisanter. Elle m'a attrapée par le bras et nous a fait entrer dans le bâtiment.

Je sentais que quelque chose de grave se tramait. J'aurais bien posé les questions qui m'arrivaient par dizaines à l'esprit, mais je n'en ai pas eu l'occasion. Une issue de secours s'est ouverte, et on nous a poussées dans un couloir étroit.

Après avoir longé des chariots encombrés de vaisselle – qui m'ont rappelé Boston –, on est arrivées dans une pièce ornée de miroirs dorés et de papier peint soyeux dans le même style que le salon de thé de Mme Dabney. Ses cours de culture générale et de bienséance allaient sans doute nous servir, d'ailleurs.

— Macey, a dit ma mère, veuillez suivre ces agents. Vos parents vous attendent.

Macey n'a pas bougé.

— Allez, dépêchez-vous, a insisté ma mère.

Le gouverneur Winters lui-même est passé à côté de nous. C'était la preuve qu'on se trouvait dans un lieu hautement sécurisé. Pourtant, j'ai senti une menace peser dans l'air quand ma mère a lancé :

— Je voudrais parler à Cammie un…

— Ah, te voilà ! a crié quelqu'un.

Les bureaux de vote étaient fermés, à présent, et c'est sans doute pour ça que Cynthia McHenry n'a pas hésité à lancer à sa fille d'un ton furieux :

— Qu'est-ce que c'est que cet accoutrement ?

Macey a posé la main sur sa tête, comme si elle avait oublié qu'elle portait une perruque.

— Mesure de sécurité, madame, a expliqué un des agents. Nous avons pensé qu'il était plus prudent que votre fille fasse le trajet incognito.

— Eh bien, elle est en sécurité, maintenant, a répliqué Mme McHenry en se dirigeant vers la salle de bal. Bon, tu viens ?

Macey nous a lancé un coup d'œil. Elle aurait sans doute voulu qu'on l'accompagne. Mais on savait qu'elle devait y aller seule.

— Cammie, il faut qu'on… a commencé ma mère d'un air inquiet.

Une fois de plus, Cynthia McHenry l'a interrompue :

— Madame Morgan, pouvez-vous venir avec moi, s'il vous plaît ?

Au lieu de refuser – comme elle aurait pu le faire –, ma mère m'a lancé :

— Attends-moi ici.

AVANTAGES ET INCONVÉNIENTS
DE S'INCRUSTER DANS UNE SOIRÉE POLITIQUE

<u>Avantage numéro 1</u> : Les membres du Secret Service et les journalistes grouillent de partout. Du coup, il y a peu de chances pour que votre mère vous crie dessus parce que vous avez fait le mur.

<u>Inconvénient</u> : Elle finira bien par vous crier dessus. Et plus elle devra attendre pour le faire, plus vous risquez de vous en prendre plein la figure.

<u>Avantage numéro 2</u> : Ceux qui ont arrêté de dormir et de manger pendant deux ans pour s'occuper de la campagne

présidentielle n'ont pas lésiné sur le buffet – ni sur les crevettes géantes.

Inconvénient : Ces mêmes gens, qui ont passé tout leur temps dans des bus et des trains les deux années précédentes, ont eu tendance à négliger leur hygiène corporelle…

Avantage numéro 3 : Dans ce genre de soirée, il y a souvent des groupes de musiciens.

Inconvénient : Les musiciens vous rebattent les oreilles avec les mêmes airs – ceux qu'ils jouent depuis le début de la campagne.

Les espions passent la plupart de leur temps à attendre. Ça peut paraître étonnant, mais c'est vrai. Pendant que je poireautais dans cette grande salle de bal, à compter les ballons suspendus au-dessus de nos têtes (il y en avait au moins 7 345), Bex discutait avec le dirigeant d'un groupe pétrolier – qui, a-t-on appris par la suite, a été condamné pour délit d'initié – et Liz passait mentalement en revue l'intégralité du *Langage codé, niveau supérieur* en vue de l'examen que M. Mosckowitz préparait à sa classe.

Le regard de ma mère quand Cynthia McHenry lui avait demandé de l'accompagner ne me disait rien qui vaille. J'étais persuadée que quelque chose ne tournait pas rond.

— Cammie ! a lancé une voix qui m'a fait me retourner.

Preston s'avançait vers nous. Tandis que Bex le scrutait des pieds à la tête et que Liz ajustait son haut, un homme, au bout de la pièce, a exhorté tout le monde au silence. Puis il a demandé à ce qu'on monte le son de la télévision. Juste à ce moment, le présentateur a annoncé :

— *Les résultats officiels donnent le gouverneur Winters et le sénateur McHenry gagnants dans l'État de l'Ohio.*

Un immense cri de joie a résonné dans la salle, et tout le monde a levé son verre.

— Vous êtes aussi des amies de Macey ? a voulu savoir Preston.

Heureusement que Mme Dabney n'était pas là pour constater mon manque de savoir-vivre !

— Oh, je suis désolée. Preston, je te présente Rebecca.

— Bex, a corrigé celle-ci.

— Et Liz, ai-je ajouté. (Mon amie a rougi.) Alors, Preston, tu dois avoir hâte que tout ça se termine, non ?

Il a jeté un coup d'œil autour de lui avant de se pencher vers moi pour murmurer :

— J'en crève !

— Je ne pense pas que le Secret Service apprécierait que tu emploies ce mot, a remarqué Bex.

— Sûrement pas, a répliqué Preston en riant.

Il s'est tourné vers moi.

— Cammie, je peux te parler une seconde ?

J'ai lancé un regard à mes amies, puis j'ai suivi le fils du président en puissance dans un coin tranquille.

— Je sais que ce que je m'apprête à te demander va te sembler bizarre de la part d'un garçon. C'est plutôt les filles qui posent ce genre de question.

L'espace d'un instant, j'ai oublié ma peur et j'ai éclaté de rire.

— Voilà… Je voulais savoir… si Macey… t'a parlé de moi.

Alors là, je suis restée sans voix. Je ne savais absolument pas quoi lui répondre.

— En fait, elle ne parle pas beaucoup de ce qu'elle vit en dehors de la Gallagher Academy, ai-je expliqué.

Tu comprends, elle joue un rôle quand elle est avec ses parents.

Preston a souri. Visiblement, il comprenait très bien. Parce que lui aussi jouait un rôle avec les siens.

— Tu sais, je pense souvent à ce qui s'est passé à Boston, a-t-il ajouté. Elle m'a vraiment bluffé.

— Oui, elle est vraiment incroyable, ai-je reconnu.

Il m'a regardée avec intensité, et j'ai réprimé un frisson.

— Elle n'est pas la seule, d'ailleurs, a-t-il repris.

— Preston, je...

— Quels que soient vos secrets, je ne veux pas les connaître, Cammie.

Il s'est éloigné d'un pas, avant de s'arrêter.

— Je voudrais juste savoir un truc : est-ce qu'on vous oblige à porter des vêtements en stretch ? a-t-il demandé d'un air vraiment bête.

— Preston ! ai-je répliqué en riant.

Puis je lui ai donné une petite tape sur le bras.

Macey se dirigeait vers Bex et Liz, et, avant que je n'aie pu ajouter quoi que ce soit, Preston a foncé vers elle.

En le voyant, elle a levé les yeux au ciel.

— Preston, tu n'as pas...

— Macey, je voulais juste te dire que, si nos pères gagnent, on risque de se croiser très souvent. (Macey a ouvert la bouche, sans doute pour protester, mais Preston ne lui a pas laissé le temps d'en placer une.) Et s'ils perdent... eh bien, on devrait quand même se voir. Voilà, c'est tout. Bonne soirée, les filles.

— Vous ne trouvez pas qu'il est... a commencé Macey.

— Super-mignon ? ont achevé Bex et Liz.

Macey a acquiescé avant de demander :

— Au fait, et Zach ?

Comme Preston venait de nous le montrer, avouer ses sentiments à quelqu'un demande du courage. Moi, j'en avais toujours manqué avec Zach. Je n'avais jamais osé lui dire ce que je ressentais. Et, vu la façon dont il m'avait regardée au stade, c'était sans doute trop tard.

— Je crois que je ne l'intéresse plus. Je ne l'ai peut-être jamais intéressé, d'ailleurs. Si ça se trouve, il m'a embrassée pour remporter un pari, et puis c'est tout.

— Ce sont des choses qui arrivent, a commenté Macey. Mais je crois qu'il te reste une chance d'en savoir plus…

Un garçon se tenait dans la foule, les mains dans les poches, les épaules tombantes. On aurait pu croire, en le voyant comme ça, que c'était le type le plus inoffensif du monde.

— J'ai entendu dire que quelqu'un avait encore fait le mur, a dit Zach en souriant, comme si rien de désagréable ne s'était jamais passé entre nous.

— C'est à cause d'un garçon, ai-je rétorqué. Il a une très mauvaise influence sur moi.

— Les sales types ont souvent ce défaut. Mais ils en valent la peine.

Il faisait très chaud dans la salle de bal bondée et, quand il s'est approché de moi, j'ai cru que j'allais tomber dans les pommes.

— Je peux te parler ? a-t-il murmuré.

Dès que j'ai senti sa main dans la mienne, j'ai oublié la promesse faite à ma mère. J'avais trop besoin de réponses. Alors, je me suis laissé guider à l'extérieur dans une rue déserte.

J'ai frissonné. Pourquoi est-ce que je n'avais pas emporté de manteau ?

Par la porte de l'hôtel restée ouverte, j'ai entendu les musiciens s'arrêter de jouer. Puis des cris dépités ont retenti – des résultats en provenance d'un autre État venaient sans doute de tomber et, cette fois-ci, ils n'avaient pas l'air favorables au ticket Winters-McHenry. Ça m'était égal, de toute façon. Je n'avais pas la tête à ça.

Parce qu'il faisait sombre. Froid. Et que Zach était en train de mettre sa veste sur mes épaules – ce qui est, d'après Liz, qui en avait demandé confirmation à Macey, l'un des trucs les plus romantiques qu'un garçon puisse faire.

Il a laissé ses mains posées sur mes épaules bien plus longtemps que nécessaire. Sa veste était chaude et sentait bon. Le vent a soufflé plus fort, faisant voler des confettis autour de nous comme des flocons de neige aux couleurs de la patrie.

Tout se déroulait comme dans un rêve. J'avais un beau garçon en face de moi. Un décor romantique. On était à un pas l'un de l'autre, et loin de toute présence parentale.

Mais Zach n'est pas un garçon normal. Pas plus que je ne suis une fille normale. C'est pour ça que je lui ai demandé :

— Qu'est-ce que tu faisais à Boston ?

Il a reculé d'un pas. Puis a secoué la tête, les yeux baissés vers le sol.

— Il y a des choses que je ne peux pas te dire, Gallagher Girl, a-t-il murmuré.

— Que tu ne peux pas ? Ou que tu ne veux pas ?

Il n'a pas répondu. Au lieu de ça, il m'a regardée d'un air de dire : « Quelle est la différence ? »

— Je veux savoir, ai-je insisté.

Pour la première fois, j'ai réalisé qu'il n'était plus le même que l'année précédente. Il semblait plus grand et plus fort.

— Il y a des choses qu'il vaut mieux que tu ne saches pas, a-t-il insisté.

Ça peut paraître fou, mais je l'ai cru. J'avais besoin de le croire.

Du coin de l'œil, j'ai aperçu mes amies qui sortaient de l'hôtel. Macey m'a appelée. Mais je ne pouvais pas détacher mes yeux de ceux de Zach. Les confettis tournoyaient dans l'air, comme si le temps s'était arrêté. Puis, soudain, le monde a sombré dans la pénombre et une camionnette a surgi.

CHAPITRE 27

Ça n'a duré que quelques minutes. C'est en tout cas ce qu'on m'a expliqué par la suite. La preuve se trouve d'ailleurs sur la vidéo de la caméra de surveillance – même s'il n'y a pas grand-chose à voir dessus, en fait. Parce que tout le quartier s'est retrouvé tout à coup plongé dans le noir. Seul le Washington Monument est resté allumé.

— Macey ! ai-je crié, avec l'intuition que quelque chose de grave était en train de se passer.

Je me suis mise à courir vers mon amie, juste au moment où des phares trouaient la nuit et où la camionnette faisait voler les barrières de sécurité, déboulant dans la rue à toute allure.

Macey s'était rapprochée de moi et éloignée de Bex et de Liz. Elle se tenait au milieu du trottoir, dans la lumière des phares, à vingt mètres de nous.

— Cours ! ai-je hurlé.

Trop tard. La porte de la camionnette a coulissé, et des silhouettes masquées se sont penchées dehors. Tout est devenu si lent que j'ai cru que mon cri n'allait jamais atteindre les tympans de Macey tandis qu'elle restait clouée au sol, abasourdie.

Et que le véhicule la dépassait sans s'occuper d'elle...

Vous n'allez peut-être pas me croire, mais j'avais vraiment l'impression de me retrouver en plein examen d'opération secrète, quand M. Solomon nous demande de répondre à plusieurs types de questions – celles qui font appel à la réflexion, à la mémoire, à l'intuition et à des compétences techniques.

Dans la faible lumière du Washington Monument, j'ai essayé de retenir tous les détails de la scène. Quel genre de montre portait le conducteur. Si l'homme qui sautait de la camionnette allait me frapper du poing gauche ou du poing droit. Et puis, tout à coup, j'ai eu l'impression de revivre l'attaque de Boston. Parce qu'une voix a lancé :

— Emparez-vous d'elle.

Les pneus ont crissé sur le trottoir : la camionnette dérapait à quelques mètres de moi pour me bloquer le passage.

— Cammie ! a crié Zach d'une voix lointaine.

J'avais l'impression qu'il se trouvait à des kilomètres.

À ma droite, je voyais mes amies courir vers moi comme au ralenti. Inutile d'espérer de l'aide de leur part : l'homme qui avait surgi du véhicule était déjà sur moi. Mais j'étais plus rapide que lui : j'ai réussi à éviter ses coups et à lui envoyer mon pied dans le genou. Il a trébuché sur un second individu, le plaquant contre la portière l'espace d'une seconde, et j'en ai profité pour m'enfuir.

— Cammie ! a hurlé Bex.

— Macey ! ai-je répliqué. Mets Macey à l'abri !

Pourtant, Macey n'avait pas besoin qu'on la mette à l'abri. Mais ça, je ne l'avais pas encore compris.

Parce que je ne comprenais rien à ce qui se passait. J'ai couru le plus vite possible – ce qui n'a pas empêché deux bras robustes de me saisir par la taille et de me coller un chiffon sur la bouche. Une forte odeur s'en dégageait. J'ai essayé de ne pas la respirer. Peine perdue. Le décor s'est mis à tourner autour de moi, et je me suis sentie attirée tout doucement vers le sol.

À travers la lumière aveuglante des phares, j'ai cherché Zach des yeux. Mais je ne voyais rien – seulement des ombres vagues – tandis que mon corps allait à la rencontre du trottoir.

J'avais la tête en feu, et mon agresseur pesait sur moi de tout son poids. Mais il avait lâché le chiffon. Sans doute parce que du renfort venait d'arriver. Dans un demi-brouillard, j'ai vu mes amies s'attaquer à deux mastodontes. Pendant que Bex parait les coups de l'un d'eux – Liz était accrochée au dos du type –, Macey se battait contre un second. J'ai voulu lui crier de s'enfuir, mais mes idées étaient trop confuses et les mots ne sont pas sortis.

Soudain, quelqu'un m'a débarrassée du corps qui m'oppressait. Enfin, je pouvais respirer ! Mais, avant que je n'aie pu me relever, le chiffon s'est de nouveau plaqué contre mon visage. Les bras de mon assaillant se sont refermés plus fermement sur moi et le brouillard est revenu, encore plus opaque. Rassemblant mes dernières forces, j'ai donné un grand coup de tête dans celle de mon agresseur.

J'ai entendu un craquement, puis senti du sang me couler sur la figure – celui de mon assaillant, dont je venais de casser le nez. Le monde a tangué de plus belle, et les bras ont encore une fois essayé de me saisir. J'ai vaguement entendu la camionnette se rapprocher de moi. J'ai tenté de courir tout en cherchant de l'aide. C'est là que j'ai vu Macey.

Elle se précipitait vers moi.

— Saine et sauve… ai-je murmuré.

J'ai de nouveau vacillé. Mon amie se rapprochait à toute vitesse, maintenant, et je distinguais de mieux en mieux sa voix.

— Non !

Qui venait de crier ? Je n'étais pas certaine que ce soit moi. Tout ce dont j'étais sûre, c'était d'avoir entendu une détonation. J'ai plongé en avant. Trop tard.

Tandis que le coup de feu résonnait dans la pénombre, des hurlements de panique ont retenti. Et j'ai compris que ce n'était pas moi qui avais crié. Quelqu'un d'autre s'était jeté devant Macey et écrasé sur le trottoir.

La main armée d'un revolver a essayé de me retenir. Je me suis retournée pour frapper de toutes mes forces mon agresseur. La silhouette masquée s'est écroulée.

Le sol s'est dérobé une nouvelle fois sous mes pieds. J'ai essayé de ramper. Impossible. Je n'arrivais pas à bouger d'un pouce. Est-ce que c'étaient les effets du produit dont le chiffon était imprégné ? Le coup que j'avais reçu à la tête ? Ou bien les cris de Macey, penchée au-dessus de ma tante qui gisait par terre ?

— Emmenez-la !

M. Solomon venait de surgir de nulle part.

— Tout de suite ! a renchéri ma mère.

Une main m'a de nouveau attrapé le bras. Envahie par une rage folle, je me suis redressée pour me défendre.

J'ai rencontré les yeux de mon agresseur, et je me suis figée.

— Gallagher Girl, a-t-il soufflé en me tendant la main.

J'aurais voulu m'écrouler de nouveau – et dormir. Mais la main de Zach a saisi la mienne pour m'empêcher de tomber. J'avais la tête qui tournait, la gorge brûlante et des étoiles devant les yeux.

— Cours ! a-t-il lancé en m'entraînant vers l'hôtel.

Une sirène s'est mise à hurler. Puis quelqu'un a crié :

— Secret Service des États-Unis !

Quelques mètres plus loin, ma tante était allongée sur le sol, immobile, couverte de sang. Macey avait ramassé la veste de Zach, qui avait glissé de mes épaules, pour essayer de stopper l'hémorragie.

— Abby, ai-je murmuré.

Mais Zach continuait de me tirer en avant.

Derrière nous, la camionnette a démarré en trombe. Les agents du Secret Service ont crié et des coups de feu ont retenti. Tout à coup, Zach s'est arrêté net, si bien que je lui suis rentrée dedans.

Un homme nous barrait le passage, une arme à la main. Le véhicule se rapprochait de nous, les cris continuaient à fuser, mais tout ce que je voyais c'était l'étonnement sur le visage de l'inconnu depuis que ses yeux s'étaient posés sur Zach.

— Toi ? a-t-il lancé.

Je n'ai jamais compris ce qui s'est passé ensuite. Au lieu de nous tirer dessus, l'homme a disparu dans la nuit. J'ai entendu ma mère m'appeler, tout près. Puis elle s'est précipitée sur moi avec tellement d'élan qu'elle m'a fait basculer à terre.

Un tas de gens m'ont soudain entourée – des agents du Secret Service, des policiers et les Gallagher qui nous avaient escortées jusqu'à l'hôtel.

Des bras m'ont aidée à me relever pour me pousser vers le bâtiment.

— Abby ! ai-je crié.

Ma tante gisait toujours au sol, sa chemise pleine de sang.

J'ai pensé à mon père, qui était mort dans des circonstances que je ne connaîtrais jamais, et j'ai voulu ramper vers elle. Qu'est-ce qu'il y avait de pire ? Ne pas savoir, ou voir quelqu'un que vous aimez partir sous vos yeux ?

Ma mère se dirigeait maintenant vers ma tante. Elle s'est laissée tomber à côté d'elle en gémissant, et je me suis débattue de plus belle.

— Retenez-la ! a ordonné M. Solomon. Ils pourraient revenir.

Le cercle de femmes s'est resserré autour de moi.

— Ils n'abandonneront pas tant qu'ils ne l'auront pas.

Qu'ils ne l'auront pas ?

Cette fois, je n'avais plus le courage de lutter.

Qu'ils ne m'auront pas, ai-je enfin compris.

CHAPITRE 28

23 heures

— Elle est hystérique ! a lancé un des ambulanciers.

Les lumières et les sirènes étaient insupportables. J'ai crié. J'ai lutté pour me dégager. Il fallait qu'on m'écoute enfin.

— Donnez-lui quelque chose pour la calmer, a dit une voix féminine.

— Mais… a protesté l'homme.

— Je suis sa mère ! Faites ce que je vous demande !

2 heures

— *Les médecins n'ont émis aucun commentaire sur l'état de santé de l'agent du Secret Service victime d'un coup de feu la nuit dernière à Washington, agent qui assurait la sécurité de Macey McHenry. Étant donné les résultats de l'élection présidentielle, le Secret Service a annoncé que Mlle McHenry n'aurait dorénavant plus besoin de protection.*

Quelqu'un a éteint le poste de télévision.

Clignant des paupières, j'ai reconnu la pièce dans laquelle je me trouvais – le canapé en cuir, les grandes bibliothèques. Mais je me suis aussitôt rendormie, assommée par les médicaments. Ou la fatigue.

4 h 45

— Vous devriez aller vous coucher.

— Non merci, a répliqué Bex.

— Rebecca, vos parents m'ont demandé de veiller personnellement sur vous, et je voudrais que vous alliez vous coucher.

— Je n'ai pas sommeil.

— Dans ce cas, laissez au moins Mlle Sutton se reposer.

5 h 20

Je savais que je n'étais pas seule : Bex chuchotait près de la porte et Liz marmonnait quelque chose, à moitié endormie. Une ombre s'est faufilée dans la pièce. M. Solomon s'était posté à la fenêtre, dans la lueur de la lune.

J'ignore si c'est l'effet des médicaments dont on m'avait bourrée ou si je rêvais, mais j'ai cru voir ses épaules trembler et sa main essuyer son visage.

Je devais vraiment rêver. M. Solomon ne peut pas verser de larmes.

6 h 25

— Cammie.

La voix de ma mère était éraillée, et j'ai su qu'elle avait pleuré. J'étais sans doute morte. Peut-être que je voyais la scène depuis un cercueil et non un canapé. Et puis, j'ai pensé à tante Abby.

— Elle est hors de danger maintenant, a expliqué ma mère, comme si elle lisait dans mes pensées. On l'a opérée.

Je me suis relevée, et une couverture est tombée par terre. Ma tête et mes bras étaient couverts de bandages. J'avais déjà vécu ça. Je ne devais donc pas rêver.

— Tu as dormi, ma chérie ?

Je me suis d'abord demandé pourquoi elle me posait cette question. La réponse était évidente. Et puis je me suis rappelé que tous les interrogatoires commencent par des questions simples.

J'ai acquiescé.

— Bien, a dit ma mère.

Elle était assise en face de moi sur la table basse, les mains sur les genoux.

— Dis-moi la vérité, ai-je soudain lancé sans me soucier des oreilles qui traînaient.

M. Solomon était toujours là, près du bureau.

— Dites-moi la vérité tous les deux, ai-je insisté.

— Ma chérie, ce n'est pas…

— J'ai le droit de savoir !

— Cameron, a-t-elle répliqué plus fermement, il y a un temps et un endroit pour…

— Ce n'est pas à Macey qu'ils en voulaient. Ils n'ont jamais cherché à l'enlever. Et… vous le saviez.

— Cameron…

— Non, nous ne le savions pas, l'a interrompue M. Solomon, les bras croisés.

— Ah oui ? Qu'est-ce que Zach vous a dit dans le tunnel, monsieur Solomon ? ai-je continué en frissonnant de tout mon corps tellement j'appréhendais la réponse.

Mon professeur a souri.

— Je n'étais pas sûr que Macey soit la cible de ces individus. C'était une hypothèse comme une autre, mais Zach avait des informateurs…

— Quel genre d'informateurs ? Qui sont ces gens ? Où est-ce qu'ils sont ? Qu'est-ce…

— C'est tout ce que je peux vous dire, Cammie.

J'ai commencé à le détester.

— Parce que je n'en sais pas plus.

M. Solomon ment très bien, et je l'ai haï encore un peu plus.

— Joe, a soudain lancé ma mère. Pouvez-vous nous laisser une minute, s'il vous plaît ?

La porte s'est refermée derrière lui.

— Ma chérie, a-t-elle commencé d'une voix étranglée avant de se ressaisir. Ne t'inquiète pas. Tout va s'arranger. Le conseil d'administration a été mis au courant. Toutes les Gallagher ainsi que la CIA nous soutiennent et nous protègent. Rien ne peut plus t'arriver.

— Qu'est-ce qu'on va faire maintenant ? ai-je demandé, au bord des larmes.

Ma colère avait cédé la place à une angoisse telle que j'arrivais à peine à respirer. Je voyais tante Abby en sang. Macey et Preston. Et puis l'image de Zach, qui voltigeait devant moi tandis que je me sentais tomber à n'en plus finir dans un vide-linge.

— C'est juste que… Maman… pourquoi ?

Elle m'a caressé les cheveux et a murmuré :

— On le saura un jour, je te le promets.

CHAPITRE 29

Les cours ont repris comme si de rien n'était. Les examens ont eu lieu à la date convenue – même si toutes les élèves de la Gallagher Academy savaient que, mes amies et moi, on avait déjà passé le nôtre. Et que, vu ce qui était arrivé à tante Abby, on ne l'avait pas très bien réussi.

Il a fallu attendre trois semaines pour que M. Solomon frappe un jour à la porte de Mme Dabney et nous demande de descendre, Bex, Liz, Macey et moi.

En suivant notre professeur dans le couloir, j'ai fait de mon mieux pour ne penser à rien et me concentrer sur le bruit de mes pas... jusqu'à ce que M. Solomon nous conduise dans le bureau de ma mère.

— Salut, petit monstre !

— Abby ! ont crié Bex et Liz d'une seule voix en se jetant à son cou.

— Doucement, mesdemoiselles, a commenté ma mère.

Bex et Liz – surtout Bex – ne connaissent pas toujours leur force.

Ma tante était toute pâle, toute maigre, et elle avait le bras en écharpe. Mais son regard n'avait pas changé, et je me suis approchée en la fixant droit dans les yeux.

— Comment tu vas ? ai-je demandé.

Elle a souri.

— Je ne me suis jamais sentie aussi bien.

Est-ce qu'elle disait la vérité ? Difficile de le savoir.

— D'ailleurs, la CIA a besoin de quelqu'un récemment blessé par balle pour se faire passer pour un célèbre trafiquant d'armes… quelque part.

Elle a montré son bras en écharpe.

— C'est une bonne couverture, pas vrai ?

J'étais loin d'être d'accord avec elle. Et, visiblement, mes amies aussi.

— Vous devez vraiment partir ? a demandé Liz, le regard posé sur la valise d'Abby. Vous pourriez rester ici nous donner des cours.

— Oh oui ! s'est exclamée Bex.

Mais ma tante a secoué la tête avant de placer l'anse de son sac sur son épaule.

— Vous pourriez venir chez moi pour Noël, a continué Bex. Cammie sera là. Mes parents seraient ravis de vous revoir.

— Merci, Bex. Malheureusement, j'ai… quelque chose d'autre de prévu. Une autre fois, peut-être.

Elle a serré dans ses bras ma mère, qui lui a murmuré quelques mots à l'oreille.

Puis, tout en se dirigeant vers la porte, elle nous a lancé :

— Désolée, les filles, mais je n'aime pas les adieux.

Tout à coup, elle s'est figée.

— Oh, j'oubliais…

Honnêtement, je crois que rien ne pouvait me préparer à ce qu'elle a fait ensuite.

Elle a saisi M. Solomon par le col.

Et l'a embrassé.

Sur la bouche.

Pendant quatre-vingt-sept secondes.

Liz en a eu le souffle coupé. Quant à Bex, sa mâchoire inférieure a failli tomber par terre. Moi j'ai regardé ma mère, qui fixait sa sœur et notre professeur d'un air ahuri.

Tante Abby a finalement repris sa respiration. Puis elle a jeté un coup d'œil à ma mère.

— Il fallait bien que quelqu'un le fasse ! a-t-elle conclu.

Et elle a tourné les talons.

Sans s'occuper de ma mère et de M. Solomon, qui affichaient des expressions stupéfaites, Bex, Liz, Macey et moi on a couru derrière ma tante, cette légende vivante, pour la voir traverser la salle d'histoire, passer devant l'épée qui avait été le point de départ de tout et s'avancer vers l'escalier.

— Ne joue pas au fantôme, cette fois, ai-je lancé. Fais ce que tu as à faire, mais, s'il te plaît, ne joue pas au fantôme, d'accord ?

Abby a levé la tête vers moi avant de sortir une veste de son sac.

— Tiens, au fait, quelqu'un m'a donné ça pour toi.

J'ai essayé de ne pas penser aux taches de sang qui salissaient peut-être encore le vêtement, ni à cette nuit horrible. Au lieu de ça, j'ai tenté de comprendre pourquoi Zach avait tenu à ce que je le garde.

— Abby, a alors commencé Macey, la mine défaite. Je ne voulais pas… Enfin, il faut que vous sachiez… Ce que je voudrais vous dire…

La main sur la rampe, ma tante a souri, a mis ses lunettes noires et a répliqué :

— Je t'avais dit que j'étais prête à prendre une balle pour toi.

Puis elle a descendu les marches.

Je suis restée plantée là pendant de longues secondes à la regarder disparaître.

Bex et Macey sont allées déjeuner, Liz a rejoint la bibliothèque, me laissant seule et songeuse. Ma tante allait revenir un jour, c'est sûr. Mais, pour l'instant, on avait besoin d'elle sur le terrain. Et de moi à l'intérieur de ces murs.

— Les sixième ! a lancé tout à coup la voix de Patricia Buckingham.

Les plus jeunes élèves de la Gallagher Academy lui emboîtaient le pas au rez-de-chaussée.

— Il est temps de passer votre examen avec le docteur Fibs. N'entrez pas dans le laboratoire avant que je vous aie donné votre…

Elle s'est interrompue brusquement pour crier à une des filles :

— Emily Sampson ! Je vous ai vue !

En surprenant le regard innocent de l'élève, je me suis demandé si j'avais été un jour aussi jeune, aussi inexpérimentée. Et j'ai compris que je ne me sentirais plus jamais comme elle. J'en avais trop vu – mais j'en savais si peu.

— Professeur Buckingham, ai-je commencé en m'avançant vers le membre le plus ancien de l'Academy – celui qui avait le moins changé depuis que j'y étais.

— Oui, Cameron ?

Elle semblait vraiment sans âge, à ce moment-là.

— J'ai une question à vous poser… au sujet d'un fait historique.

— Les cours sur l'histoire de l'espionnage ne débuteront qu'au printemps prochain, Cameron. Je pensais vous l'avoir dit. (Elle a rappelé à l'ordre une autre élève.) Comme vous pouvez le constater, je suis très occupée à aider nos nouvelles venues à s'acclimater à la Gallagher Academy.

Puis elle leur a donné l'ordre d'avancer.

— Je vois ça, madame. Mais je me posais juste une question… sur le Cercle de Cavan.

Elle s'est tournée vers moi et a planté ses yeux bleus dans les miens.

— J'ai besoin de savoir, ai-je insisté, la voix tremblante, en me rappelant tout ce que j'avais vécu. J'ai besoin d'être prête.

— Je suis désolée, Cameron. Je ne peux rien vous dire… Je suis vraiment désolée.

Elle a entraîné les élèves vers le couloir.

Je me suis postée à la fenêtre pour voir tomber les premiers flocons de neige. Dans quelques heures, tout serait recouvert d'un manteau immaculé, comme si la terre elle-même voulait se camoufler.

— Peut-être au printemps, a lancé la voix de Mme Buckingham du fond du corridor plein de courants d'air.

Je l'ai regardée disparaître pendant que, dehors, le ciel devenait gris, le sol blanc, et que l'hiver s'installait.

J'avais toujours la veste de Zach sur le bras ; je l'ai enfilée avec émotion. Elle était épaisse et chaude. En mettant mes mains dans les poches, j'ai senti quelque chose se froisser sous mes doigts. C'était un bout de papier auto-désintégrant sur lequel s'étalait une écriture familière.

Amuse-toi bien à Londres,
Z

Je n'ai pas pu m'empêcher de sourire. Le printemps allait revenir, pas de doute là-dessus. J'ai tourné de nouveau les yeux vers la fenêtre. Puis j'ai contemplé les ronds de buée qui s'accumulaient sur la vitre en essayant de ne pas penser à ce qui se passerait après le dégel.

En attendant de vous plonger dans de nouvelles missions avec vos héroïnes super-espionnes préférées, découvrez sans tarder un autre roman captivant de la collection Bloom :

LE CARNET DE GROKU

de Sophie Laroche

Plus d'infos sur ce titre dès maintenant sur le site

LECTURE academy.com

Prologue

Si tout a dérapé, c'est uniquement parce que je n'en pouvais plus de me prendre mon cul en pleine tête. C'était déjà si dur de le traîner.

Je sais, je ne devrais pas utiliser le mot « cul ». Ce n'est pas un « registre littéraire décent ». Mais ce qui suit n'est pas une histoire correcte. Si vous vouliez des mots gentillets et proprets, il fallait choisir une autre lycéenne. Lire le trépidant quotidien de Lisa, la belle Lisa, la mince Lisa. Ou de sa copine Justine, si jolie et si fine. Et laisser Manon, ses kilos en trop, en marge de la page. Moi, c'est une histoire de cul que j'ai à raconter. Mais pas une histoire salace ou drôle.

Chapitre 1

Tout a commencé un jeudi d'octobre à la piscine. Je rentrais dans le vestiaire. Ah, le vestiaire ! Problème de physique insoluble, je vous recopie l'énoncé : soit une serviette de longueur égale à mon tour de taille mais largement inférieure à mon tour de cuisses. Démontrez qu'il est possible que le rectangle de tissu cache la superficie graisseuse, et cela alors que les deux formes sont en mouvement. (Que je déteste la physique…) La démonstration est impossible. Je sais, j'ai essayé. Le temps de pousser la porte de la cabine pour me changer, j'ai tenu la serviette d'une seule main. J'ai senti le tissu glisser entre mes doigts, j'ai entendu le *clic !*, une voix basse mais triomphante et quelques rires étouffés : « Je l'ai. » Elles l'ont eu.

Qui ça ? Je ne sais pas, la porte était bien entendu refermée quand je me suis retournée. Elles étaient forcément au moins deux. Elles pouvaient, elles, rentrer à plusieurs dans une cabine.

Ont eu quoi ? Mais mon cul, voyons. Mon gros cul. Elles l'ont fait entrer dans leur minuscule portable grâce à l'appareil photo intégré. Belle prouesse technologique ! Elles ont sobrement appelé la photo « Gros cul ». Et ce jeudi d'octobre, le gros cul a commencé à circuler. Il s'est « SMSisé », s'est « e-mailé » aussi.

Avec cette affaire, mon imposant arrière-train s'est même vu de devant. « Gros cul » devait être écrit en plein milieu de mon front, car même des lycéens qui ne me connaissaient pas se sont mis à m'appeler ainsi.

Notez que j'étais habituée à l'insulte. « Bouge-toi gros cul », « tais-toi gros cul », me ressassait depuis longtemps Gabin, mon grand frère. Même s'il était désormais étudiant, mon aîné restait plutôt limité côté conversation.

Il m'a fallu quelques heures à peine pour apprendre que la photo de mes fesses circulait, accompagnée de mon nom, bien entendu. Il a fallu quelques jours pour qu'une bonne âme se décide enfin à me l'envoyer aussi. Expéditeur caché, bien entendu.

Du coup, je L'ai vu. Je me suis vue de derrière. J'étais décidément plus gourmande que les autres, cette petite photo ne m'a pas suffi. Alors, j'ai pris le miroir sur pied de la chambre de mes parents, je l'ai apporté dans la salle de bains, face à la grande glace de la porte. Taille réelle, c'était autre chose ! J'ai étudié cette silhouette si peu harmonieuse, fine en haut, généreuse en bas. Je l'ai scrutée même. Cherchez l'erreur : la poire avait une peau d'orange. L'examen scientifique a été complet : j'ai même calculé l'écart en centimètres entre mes deux pieds alors que mes cuisses se touchent encore en haut. Quarante centimètres ! Grosses cuisses. Gros cul. Franchement, c'était bien cela.

Mais pas seulement.

Mon gros cul n'était pas qu'une grosse paire de fesses, un intolérable outrage aux pubs pour sous-vêtements Aubade. C'était moi tout entière. Les garces qui avaient pris cette photo ne savaient pas que *j'étais* un gros cul.

Certains matins (un sur deux, deux sur trois, trois sur quatre ?), ce mal-être dû à mon poids m'assaillait dès le réveil. J'étais grosse – j'étais goinfre. Je devais maigrir – je voulais manger. Ma journée démarrait sur cette idée. Et la lutte commençait. C'était officiel, j'étais au régime et je crevais d'envie de me gaver de chocolat. J'étais un monstre dévorant, dévoré par ses pulsions. Qui se cachait sous le sourire placide qu'affichait Manon.

Le jour où la photo de mes fesses a commencé à circuler, je n'ai pas pleuré. J'ai noyé ma honte dans le cacao. Deux tablettes de chocolat… Trois, pour être honnête. Puis, l'estomac au bord des lèvres, je me suis approprié cette insulte, cette vérité : « gros cul ». J'ai un tout petit peu bafoué les règles d'orthographe : « groku ». Ça dérange déjà moins, non ? Allez, je lui ai même ajouté une majuscule : Groku. N'avait-il pas plus d'allure comme ça, mon surnom ? Il aurait presque pu faire moins mal.

En tout cas, ce serait plus facile de raconter les aventures de Groku orthographié ainsi.

« Je suis Groku », me suis-je répété.

Ce même jour, j'ai créé mon blog. J'avais pris l'habitude de me balader sur les blogs des autres, à travers leurs chagrins. Si tous les obèses du monde pouvaient se donner la main ! Bien calée sur ce gros cul qui me gâchait la vie, j'ai décidé de franchir le pas. J'ai voulu frapper fort. J'ai juste balancé en ligne la photo prise à la piscine. Et j'ai ajouté cette présentation minimaliste : « Je m'appelle Groku. »

Le lendemain, j'avais déjà des commentaires. Il y en avait un particulièrement vicieux au sujet de la photo. Mais plusieurs étaient sympathiques, encourageants.

Compatissants ?

Pour ces inconnus qui, d'après leurs messages, souffraient aussi de surpoids, j'ai commencé à tenir ce blog. C'est devenu un journal intime. J'aime écrire et j'ai un style efficace. Tous les soirs, je découvrais les commentaires avec autant de délectation que les annotations de ma prof de français sur mes dissertations. Ils flattaient un ego qui en avait besoin, mais ne m'apportaient guère de solutions.

Deux semaines plus tard, je me suis fait une fois de plus insulter en traversant devant le bahut.

— Eh, gros cul, t'avais cousu deux maillots de bain pour en faire un seul sur la photo ? m'a balancé Inconnu n° 1.

— Tu parles, ça débordait quand même ! a commenté Inconnu n° 2.

Et les deux ont éclaté de rire.

Ils ne me connaissaient même pas, ils m'avaient agressée sans raison apparente, à moins que mon surpoids ne mette en péril la résistance du bitume. Je suis rentrée à la maison, j'ai ouvert le placard, poussé les deux boîtes de café qui cachaient vainement le chocolat et avalé la tablette. C'est idiot, non ? Ce n'est pas une solution. Eh bien, essayez donc de m'en convaincre dans ces moments-là. Puis j'ai culpabilisé, j'ai envoyé promener ma mère qui pourtant n'avait rien dit et me suis réfugiée dans ma chambre. Pour pleurer. Je ne sais pas ce qui avait été de trop : l'insulte ou le chocolat. Mais vraiment, j'ai compris que je n'en pouvais plus.

Ma mère aussi a dû le sentir. Elle a doucement frappé à la porte de ma chambre, a même attendu ma réponse pour entrer et s'est assise au bord de mon lit. Elle m'a épargné ses anciennes ritournelles : « tu es si belle au-dedans », « mets-toi donc au sport ». Elle m'a simplement caressé les cheveux et a murmuré :

— On va y arriver, ne t'inquiète pas.

Franchement, j'ai aimé ce « on ». Je me suis dit que, peut-être, je pourrais compter sur ma mère. J'ai apprécié aussi qu'elle ne me sorte pas une solution miracle, un nouveau médecin « carottes râpées » ou un diététicien « à mort le sucre ». J'en ai déjà tellement rencontré !

« On va y arriver »… Je me suis promis d'y croire cette fois-ci encore et me suis sentie apaisée. (Je suis championne pour me mentir.) Je me suis levée, j'ai allumé mon ordinateur. J'ai tapé l'adresse de mon blog : groku.reseaublog.com et j'ai déversé ma colère. Raconté ma fatigue, expliqué à quel point je me sentais perdue :

Le 16 octobre, Groku a écrit :

J'ai la terrible sensation d'être un mystère, pour les autres et pour moi-même. Personne n'imagine à quel point je souffre de cette rivalité permanente entre mon envie de maigrir et mon besoin de manger. L'une entraînant l'autre. Plus je voudrais être une autre, plus l'envie de chocolat est violente. C'est la réponse à tous mes problèmes. Et la cause de tous mes maux. Alors « M. » et Groku se disputent ma vie. Je voudrais être mince, être enfin moi. Quand je perds cent grammes, le monde m'appartient. Je craque, je bouffe et je me convaincs que je resterai à jamais Groku. Je ne sais même pas à quoi je ressemble. Je ne sais plus qui je suis vraiment. « M. », Groku ? Les deux.

Je crois qu'« avant », j'étais bien. J'avais alors l'impression d'avoir un gros ventre mais je me trompais sans doute. C'est ce que je me dis quand je regarde les photos : bonheur à la plage, sourire de photo de classe. Puis, vers 10 ans, j'ai commencé à grossir. Insidieusement. Par-derrière, en cachette, comme le chocolat que j'avale, que j'ingurgite, que j'engouffre. Un jour, une vendeuse a gentiment suggéré à ma mère de se diriger vers le rayon femmes pour trouver un pantalon à ma taille. Je n'avais que 12 ans et demi. A commencé alors la valse des régimes. Deux kilos en moins, trois en plus : ma balance a vraiment le sens du rythme.

Je me suis relue avec une satisfaction amère. À défaut de modeler ma vie et mon corps comme je le voulais, je savais au moins en parler. J'avais su expliquer comment Manon devenait si souvent Groku. Comment Groku faisait souffrir Manon.

À peine une demi-heure plus tard, une certaine Kilodrame m'a laissé un commentaire. Ce n'était pas la première fois, mais là, ses mots m'ont particulièrement touchée.

Kilodrame a laissé un commentaire :

Tu vas y arriver. Parce que j'y suis parvenue. Et si tu es Groku, moi j'étais Enormeku.

Chapitre 2

J'ai répondu à Kilodrame, en laissant un commentaire à mon propre billet, amorçant ainsi le dialogue, comme cela est censé se faire sur les blogs. Je n'attendais pas grand-chose de cette fille, même si, à bien y réfléchir, j'aimais le ton de ses commentaires précédents. De toute façon, après une nouvelle agression verbale gratuite dans la rue, une énième crise sur le chocolat, je ne prenais pas de grands risques.

Groku a laissé un commentaire :
Je voudrais tant maigrir. Et, une fois de plus, je voudrais que ce soit le dernier régime.

Kilodrame a lâché un étrange verdict :

Kilodrame a laissé un commentaire :
Je suis désolée, je ne peux rien pour toi. Si maigrir est tout ce que tu veux, je ne peux rien pour toi. Je t'avais crue moins superficielle et… moins légère ;)

Qu'est-ce qu'elle racontait ? Cette Kilodrame commençait à m'énerver sérieusement, et j'étais bien décidée à le lui faire comprendre. Pour laisser un commentaire sur mon blog, elle avait dû laisser une adresse e-mail : kilodrame@gmail.fr. Parfait ! J'allais frapper chez elle, nous réglerions ça en privé. J'ai quitté mon blog pour passer sur ma messagerie. Puis j'ai changé d'avis. Vite fait, je me suis connectée sur Yahoo et je me suis créé une adresse à la hauteur de la sienne : groku@yahoo.fr. L'échange pouvait reprendre !

Nouveau message :

Salut Kilodrame,

Va jouer sur d'autres blogs. Moi j'ai eu mon compte.

Groku

ENVOYER

Sa réponse m'a franchement étonnée :

Vous avez un nouveau message :

Hello Groku,

Reviens. Reviens quand tu sauras ce que tu veux vraiment.

Kilodrame

— C'est cela, oui ! ai-je balancé, vexée, à l'écran.

Cet échange m'a plus ébranlée que je ne l'aurais pensé. Quelle conne ! Quelle vache ! Quelle… ***Oui, Groku s'accorde aussi le droit d'être vulgaire ! On le serait à moins, non ? À moins que grosse et impolie, ça soit vraiment… trop ?*** J'y pensais dès le réveil le lendemain. J'aurais pu traîner au lit ce samedi matin mais je n'arrêtais pas de me retourner dans tous les sens.

Au petit-déjeuner, j'envisageais un instant de me confier à ma mère. Pas de doute, elle attendait avec impatience le retour de la motivation. Peut-être avait-elle déjà préparé sa liste de courses homologuée minceur pour mon prochain régime. Non, ma mère ne pouvait rien pour moi. Raphaëlle serait sans aucun doute d'un bien meilleur réconfort.

— Allô, c'est Manon. Tu fais quoi cet après-midi ?

— Je vais au centre commercial. Et toi ?

Je me suis sentie vraiment soulagée que ma meilleure amie décroche à la première sonnerie. À la dernière seconde pourtant, je me suis retenue de lui raconter mes états d'âme :

— Je t'y retrouverai, OK ?

— Oui, je te montrerai une jupe que j'ai repérée. Elle est trop, trop…

Trop large pour toi ? Ça ne m'étonnerait pas. Raphaëlle est aussi mince et harmonieuse que je suis grosse et disgracieuse. Elle se juge même un peu trop maigre. Bien entendu, elle ne me l'a jamais dit. Mais j'ai déjà remarqué qu'elle ne voulait jamais essayer les jupes trop courtes qui dévoileraient ses genoux anguleux. Moi je les prends, ses genoux anguleux, pas de souci ! Et je les expose ! En attendant, j'allais lui tenir le rideau d'une cabine d'essayage où je n'entrerais pas. Une fois de plus.

La jupe était en effet trop courte. Du moins Raphaëlle le craignait-elle. Alors la vendeuse lui a chanté sa rengaine favorite : « Elle est faite pour vous. » Et Raphaëlle l'a prise, « puis non, ou si ? Euh non, enfin… chais pas ». Pendant cette longue réflexion, j'ai bien regardé. J'ai cherché THE pantalon à la coupe adaptée à mon anatomie. Celui qui réussirait l'exploit de me tenir la taille, assez fine, en acceptant au préalable mes volumineuses fesses et les deux poteaux qui me servent de cuisses. ***Le Graal de Groku.***

Pas la peine d'entretenir le suspens plus longtemps : ce genre de pantalon n'existe pas. En général, le vêtement que j'essaie est violemment freiné dans son ascension au milieu de mes cuisses. Il n'a même pas l'honneur de s'attaquer au gros cul. Une fois, j'ai tiré un peu plus que d'habitude. J'ai déchiré la couture arrière. Je n'ai même pas osé le dire à ma mère qui m'accompagnait, je l'ai remis en rayon « l'air de rien ». Mais la vendeuse, gabarit quarante-cinq kilos toute mouillée, avait reconnu le bruit suspect de l'attentat perpétré par une grosse (elle ne le revendique jamais mais on sait bien qu'elle seule est capable d'un coup aussi bas). Son regard me brûlait encore le dos quand nous sommes sorties.

Je n'ai pas trouvé de pantalon, une fois de plus. Alors je me suis rabattue sur un top. Je l'ai enfilé vite fait pardessus mon T-shirt. Il ne parvenait pas à couvrir mes hanches et plissait au-dessus de la taille. Effet sûrement pas prévu par le concepteur. J'ai rageusement enlevé le vêtement et retrouvé Raphaëlle pour l'ultime « Prends-la, elle est parfaite ». Comme toi. ***Est-ce pour consoler les grosses que le bon Dieu a collé des complexes aux minces ? Groku, elle, ne se sentait pas mieux.*** Raphaëlle et moi avons traîné encore un peu, puis elle est rentrée. Au moment de prendre le bus, j'ai prétexté des copies doubles à acheter pour la planter là et retourner dans le centre commercial, direction la grande surface cette fois. Rayon chocolat.

L'envie m'avait submergée dès la sortie du magasin de vêtements. Franchement, quand on quitte une boutique les mains vides pour cause de kilos en trop, on devrait plutôt voir son avenir couleur poisson vapeur, non ? Pas moi. Mon surpoids me donne envie de manger encore plus. Le chocolat a jailli dans mon esprit, j'ai vu l'emballage, entendu le papier aluminium crisser sous mes doigts, senti cette première bouchée fondre sous mon palais. À pleines dents… « Non, je ne dois pas, ce n'est pas cela qui va régler mes problèmes, combien de calories déjà dans 100 g, combien de fois 100 g vais-je avaler si je m'écoute ? » ***Groku a bien tenté de brandir le bouclier des arguments raisonnables. Mais il a une fois de plus volé en éclats.*** C'est peut-être cela le plus douloureux : j'allais une fois encore m'empiffrer, mais seulement au terme d'une lutte intérieure harassante. Quand il m'arrive de reposer la tablette, la victoire est toujours trop brève. La défaite, elle, est toujours plus amère. Ce soir-là, au rayon concentré de bourrelets, j'ai une fois de plus perdu une bataille. Perdu ma guerre. J'ai regardé ces deux tablettes que j'allais avaler avant même d'être arrivée à la maison. Je suis une vraie championne, la première serait sans doute finie avant même que je monte dans le bus. J'avais le regard brouillé en ouvrant l'emballage mais j'ai mordu quand même. Alors m'est revenu en tête le commentaire de cette Kilodrame sur mon blog. « Si maigrir est tout ce que tu veux, je ne peux rien pour toi », avait-elle écrit.

Entre deux bouchées, Groku s'est décidée à poster un nouveau billet sur son blog.

À SUIVRE

hachette s'engage pour l'environnement en réduisant l'empreinte carbone de ses livres. Celle de cet exemplaire est de :
770 g éq. CO_2
Rendez-vous sur www.hachette-durable.fr

PAPIER À BASE DE FIBRES CERTIFIÉES

« Pour l'éditeur, le principe est d'utiliser des papiers composés de fibres naturelles, renouvelables, recyclables et fabriquées à partir de bois issus de forêts qui adoptent un système d'aménagement durable. En outre, l'éditeur attend de ses fournisseurs de papier qu'ils s'inscrivent dans une démarche de certification environnementale reconnue. »

Dépôt légal 1re publication mai 2014

Imprimé en Espagne par Rodesa
N° d'impression :
20.4438.6 – ISBN 978-2-01-204438-8
Édition 02 – mars 2015

Loi n° 49-956 du 16 juillet 1949
sur les publications destinées à la jeunesse.